石頭記的虛幻與真實

馬以工

馬以工原籍金陵　戊子年生於臺北市

元春

小說fiction這個字，原本就有虛構、想像與編造的涵義。

小說《紅樓夢》是作者虛構、自傳或索隱宮廷祕聞？

胡適提出《紅樓夢》可能是曹家自敘傳之前，清代早已有各種說法；如《紅樓夢》是順治帝與董鄂妃的故事，或反清復明的血淚史，甚而還有康熙末年諸皇子的奪嫡風波等多種。

歷年來學術界對全書的結構、思想、形象及藝術等，多有研究形成紅學，對曹雪芹的家世、創作動機、原稿面貌等等亦有些結果，以曹學或「探佚」為名。只是撰寫書的時間及所描寫的事物究竟為何，迄今仍是一謎。曹雪芹的生、卒日究竟是何年、何月、何日，以及他的親生父親究竟是曹顒、曹頫或其他曹家族人，皆沒有定論。

謎般的批書者脂硯齋，每每在書頁中留下了無數條評語，似對作者敘述的事件聽過、見過或經歷過，脂批雖似是在解釋虛構故事背後的真實，仍沒能讓讀者得到全書更清晰的面貌。

兩百年來吸引著人們好奇心的，不斷希冀解謎的，實是作者的撰寫風格，全書結構如三十一回脂批「草蛇灰線在千里之外」所述，布滿機關線索，以一些讖詩謎語來吸引讀者，余國藩的《重讀石頭記》中認為，脂硯齋雖說「此書原係空虛幻設」但批語處處顯示，書中片段都是真實的複述，或真相的複製，作者與批者間存在著「在想像的世界中我們共享的真相」的默契，讀者似乎亦必須先有所知，才能與聞。

近年來更有不少人否決曹雪芹的著作權，提出吳梅村、洪昇等清初文人，才是紅樓夢的真正作者，使謎團更加渾沌。各門各派各說各話，但書中並非事事有本，人人有所影射，是解謎者須有的覺悟。書中某些人與事，與現實歷史中曹家的人與事，確有不少的契合，但一部好的小說，就算真的是自敘，也不至於將其家人、親戚與書中的主角個個對號入座。

書未完雪芹早逝，使《紅樓夢》留下怎麼也理不清事實的殘局，這種天殘地缺，更增加了紅學的弔詭，曠世大謎也只好留給後世讀者共同面對，這是一代代紅樓讀者的宿命。

虛幻與真實的交錯，才是《紅樓夢》作者自身的經歷、家世與他作品內容之間的關係。

借省親事寫南巡
出脫心中多少憶昔感今

甲戌本《石頭記》第十六回回前總批

康熙廿八年二月第二次南巡，於廿七日上午在江寧宴請將軍以下兵以上，並校閱官兵步射。

第一講

曹家

借省親事寫南巡
出脫心中多少
憶昔感今

小說家自身的經歷與家世，與他作品之間，有一定的關聯是必然的，胡適首先提出《紅樓夢》極可能是作者曹雪芹家族自敘，因而開啓了各界對曹家的關注與研究。多年來發現《紅樓夢》中某些人與事，與現實歷史中的曹家，確有不少的契合，更鼓勵了大家繼續為書中的人、事、物，一一尋找原型。

書中的賈家是現實中的曹家麼？書中主角姓賈，雖說是為了表明這個故事是假的，但「賈」與「曹」這兩個字實在太像了，加上書中賈家先祖寧國公名賈演，也與曹家的核心人物，被認為是曹雪芹祖父是曹寅，與賈演神似。

書中許多情節，也與曹家現實生活中一些重要事件類同。賈家長女賈元春入宮晉封為鳳藻宮尚書，加封賢德妃。曹寅的長女經康熙指婚，嫁平郡王納爾蘇為嫡福晉，以包衣奴才之女嫁入當權的王族貴胄，在當時確是絕無僅有的恩典殊榮。

曹家三代四世的江寧織造，當的雖是芝麻小官，還代管巡鹽可是肥缺，而書中林黛玉的父親就是欽點巡鹽御史，是否純屬巧合。曹家在江南前後近六十年，因曹寅個人與康熙皇帝特殊的關係，實際上做的是皇帝在江南的耳目密探，除了人人畏懼外，還可拿著皇帝家的銀子揮霍，籠絡江南的文人錦衣玉食真是風光。

康熙六次南巡，四次由曹寅接駕，且駐蹕在江寧織造府，在自家接待皇帝亙古所無，更是曹家無法忘懷的殊榮。脂批「借省親事寫南巡，出脫心中多少憶昔感今。」不是沒有根據的。

作者若沒有如此奇特的身世經歷，是絕對寫不出《紅樓夢》，若《紅樓夢》只有喃喃自語曹家的林林總總，也不過是世間偶爾激起的一個小水花，很快就沒入歷史的洪流中。

只因《紅樓夢》又將虛幻與真實交錯完美呈現，使歷史中的這個小水花，澎湃洶湧、波濤萬千。

從龍入關曹家先世跟著多爾袞入關，戰功彪炳的多爾袞三兄弟卻有命無運，與大位及榮華富貴均無緣。

從龍入關

曹家先世跟著多爾袞入關，戰功彪炳的多爾袞三兄弟卻有命無運，與大位及榮華富貴均無緣。

多爾袞（1612-1651）是努爾哈赤第十四子，清軍得以入關之戰將，順治未親政前之攝政王。

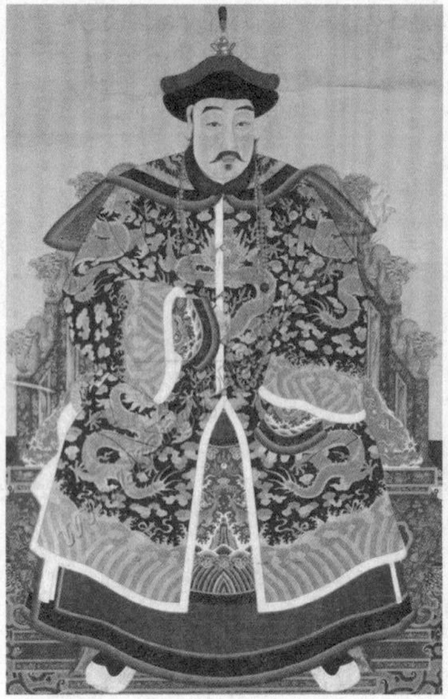

多鐸（1614-1649）努爾哈赤十五子與多爾袞、阿濟格為同母兄弟。

曹家先世的資料極少，目前所知其原籍為漢人，約在明永樂年間遷到關外，明末為清軍俘虜後歸順清朝。曹家先世遷居關外後與《紅樓夢》成書間的關鍵，是在他們與清朝皇室愛新覺羅家族，結下了總總不解之緣。

皇太極天聰八年（一六三四）時，曹寅祖父曹振彥在多爾袞麾下，屬正白旗包衣，隨軍各處征戰，曹家最早的功名，就是跟著多爾袞東征西討得來。這段征戰歷史被認為寫進了《紅樓夢》第七回，焦大提到他曾跟著太爺們出過兵，還救過太爺的命。

順治元年（一六四四）五月，曹家跟多爾袞頂著「從龍入關」的殊榮，進入了北京城。當時正白、鑲白兩旗是滿清八旗中最精銳的部隊，努爾哈赤晚年時，將此兩旗分別交給他喜愛的第十四子睿親王多爾袞，及同為大妃烏拉納喇氏所生的十二子英親王阿濟格，與十五子豫親王多鐸三兄弟。

曹家與多爾袞的關係密切，有人認為賈赦與賈政的名字，暗隱「攝政」兩字。順治八年一月多爾袞病逝，多鐸在此之前已因痘疫去世，英親王阿濟格希望能接下多爾袞死後的軍權，卻在同年十月被冠叛亂罪名，與兒子勞親一起被賜死。

清軍能得天下，大都是此三兄弟征戰所建的戰功，但此三人卻都與榮華富貴大位無緣，命運悽慘確如《紅樓夢》所嘆甄英蓮「有命無運」的人生。書中甄英蓮的名字除為暗喻「真應憐」外，因也曾一度以英菊為名，是否為了紀念「英」親王阿濟格不得而知。

阿濟格的後代，愛新覺羅敦誠與敦敏兄弟是曹雪芹摯友，我們對曹雪芹有限的了解，都依賴此二人的詩文，當時他倆只是閒散宗室無權無勢。

多爾袞死後不久即遭奪爵，正白旗包衣歸皇帝自將，曹家的主子從多爾袞變成皇帝，自此曹家與皇室綿延了將近百年的關係，以曹寅擔任江寧織造時期為頂峰，多少間接醞釀了《紅樓夢》登場。

皇帝近臣

皇帝近臣曹寅是康熙的伴讀、侍衛、密探與寵臣，沒有一個文學家的家族能如此直接地接觸到皇帝，並熟知皇家的隱密。

曹寅曾是少年康熙的伴讀與侍衛，得到皇帝最大的信任。

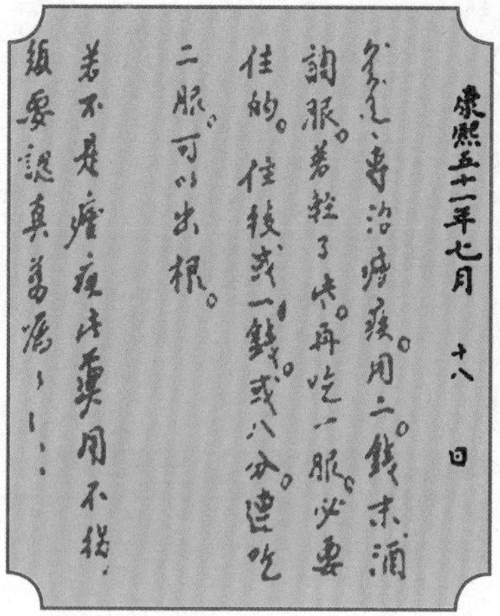

康熙五十一年七月 十八 日

金雞拏專治瘧疾。用二錢末酒調服。若輕了些，再吃一服。必要住的。住後或一錢或八分，連吃二服，可以出根。若不是瘧疾，此藥用不得，須要認真。萬囑〻〻〻

康熙親撰的金雞納服用方式及連書四個萬囑，對曹寅的關愛表露無遺。

作者先世與皇家密切關係，並不表示全書係皇家祕辛。

曹家的資料只有曹寅的較多，亦較詳實。美國著名的漢學家史景遷 Jonathan Spence 以曹寅從織造、接駕、巡鹽、密探到他的生活為博士論文題，後改寫為《曹寅與康熙》一書，詳述了曹寅作為康熙寵臣的一生。

曹寅生於順治十五年九月初七，他父親是曹振彥長子曹璽。康熙二年，曹璽全家南遷出任江寧織造，開啓《紅樓夢》的序曲。

據納蘭容若所述，比康熙小四歲的曹寅確實做過康熙的伴讀，也當過康熙的侍衛。容若小康熙一歲，一樣是伴讀與侍衛，他父親明珠是康熙權相，母親是英親王阿濟格的第五個女兒，與曹家關係密切。

康熙廿三年六月曹璽病逝任上，曹寅南下奔喪，並奉旨協理江寧織造。同年十一月康熙第一次南巡，特別到江寧織造署慰問曹寅全家。十二月初三，康熙任命了馬桑格接任江寧織造，曹寅在次年五月回到北京，繼續在皇帝身邊當差。

康熙廿九年曹寅出任蘇州織造，康熙卅一年他才又調任江寧織造。曹寅上任後，因他與康熙關係非比尋常，比他的父親曹璽擔當了更多康熙交付的特殊任務，包括聯繫及籠絡江南文人，特別是明朝遺臣。曹寅當然就是皇帝在江南的耳目密探，有上「密折」給皇帝的權利，這些資訊不傳六耳，只有曹寅及皇帝知道。

也有人認為曹寅與康熙關係，在於曹璽妻孫氏曾是康熙保母。康熙第三次南巡時，為孫氏書「萱瑞堂」三字，紅學家認為說的就是榮國府的「榮禧堂」。

康熙五十一年曹寅到揚州，不幸染風寒轉為瘧疾，病危之時李煦奏請康熙賜聖藥，康熙命驛馬專程送金雞納霜南下，限飛騎九日到揚州，親撰用藥方法，同函連書四個「萬囑」足徵康熙對他的關愛。藥到的仍是太晚，曹寅已於七月二十三日病逝揚州，享年五十五歲。

康熙六次南巡，四次由曹寅接駕。

南巡接駕

皇帝駐蹕是曹家的殊榮，
接駕造成的虧空是曹家的惡夢，
導致日後曹頫被革職抄家。

康熙一生共南巡六次，最後四次分別在康熙三十八、四十二、四十四、四十六這四年，均由曹寅接駕並駐蹕江寧織造署。

《紅樓夢》第十六回，王熙鳳與老家人趙嬤嬤談太祖南巡是「倣舜巡」，可見在康熙之前從沒有皇帝做過這樣的事。書中敘述王、賈兩家先祖都曾辦過接駕，銀子花得跟淌海水似的罪過可惜。十六回前的脂批顯示，作者確是想借省親寫南巡。

接駕是曹家無比的光榮，皇帝還住在江寧織造署，更是鮮花著錦無以倫比，卻也是永遠的痛。因為接駕虧空的銀子，到曹寅死後都補不完，直接導致日後曹家被抄家。

書中賈府為迎接元春，賈赦督率匠人紮花燈煙火，使園內各處，帳舞蟠龍，簾飛彩鳳，金銀煥彩，珠寶爭輝。元妃見到「**園中香煙繚繞，花彩繽紛，處處燈光相映……兩邊石欄上，皆係水晶玻璃各色風燈，點的如銀光雪浪；上面柳杏諸樹雖無花葉，然皆用通草綢綾紙絹依勢作成，黏於枝上的，每一株懸燈數盞；更兼池中荷荇鳧鷺之屬，亦皆係螺蚌羽毛之類作就……**」離開前說了「……**倘明歲天恩仍許歸省，萬不可如此奢華靡費了。**」

康熙廿八年第二次南巡時為正月底，記載地方官要老百姓結綵歡迎，康熙事後曾下詔「頃在揚州，民間結彩盈衢，雖出自愛敬之誠，不無少損物力。其前途經過郡邑，宜悉停止。」第二次南巡盛況可從南巡圖上看出，確實處處張燈結綵。曹家所接駕的四次南巡，可能也做了龐大的人工春景，耗資萬千。

曹寅晚年已飽受南巡接駕及長期累積下債務之苦，康熙四十九年皇帝就在他所上「晴雨錄」上批「……虧空甚多，必要設法補完……千萬小心！小心！小心！小心！」次年皇帝仍在「晴雨錄」上追問補虧空情況，曹寅不得不上摺說明公債之數，竟已達五百廿餘萬兩。硃批提醒虧空太多，留心不要看輕。

這些虧空重擔噩夢到曹寅死前仍未了，甚而到李曹兩家被抄都未了結，這種家族從極度的富貴榮華到被抄家後一貧如洗的淪落，也不是一般人能夠經歷的。

三代四世 江寧織造

曹家一門祖孫三代都被任命擔任同一要職，這個美談的背後竟是如此悲悽的情境。

清代在江南有江寧、蘇州、杭州三處織造，曹家至親李煦（1655-1729）擔任三十年的蘇州織造，紅學界認為李家與曹家與《紅樓夢》中故事關係匪淺。

清代在江南共有江寧、蘇州及杭州三處織造，江寧織造規模最大，負責龍袍等皇室使用的高貴織品。曹家三代做了四世的江寧織造，前後將近六十年，是作者引以自豪的家族歷史。

作者因而似在賣弄織品的獨門知識，第二十八回王熙鳳要賈寶玉幫忙寫禮單，禮品都是絲帛包括「**大紅妝緞四十疋、蟒段四十疋、上用紗各色一百疋……**」第四十回，賈母提到要拿什麼樣的絲或紗來用，描述軟煙羅、霞影紗及不斷頭卍字錦等特殊織品，顏色與質感都是聞所未聞。

曹璽死後，曹寅並未立刻接下江寧織造，隔了九年還先做了兩年半的蘇州織造。曹寅死後不久，康熙特別讓曹寅獨子曹顒立刻繼任江寧織造，一門祖孫三代都擔任同一要職確屬美談。有關曹顒及他擔任織造的政績，並無太多資料留下，只知他字孚若、號連生，約生於康熙廿八年。大家對他的關心，都集中在究竟他是不是曹雪芹的父親。

康熙五十三年冬天，曹顒在北京述職時病逝，康熙竟在曹顒死後，為曹寅過繼他的四侄曹頫為子，並接任江寧織造。當時曹頫十分年輕，得以接任要職純粹是康熙的特殊恩典，為了使曹寅家兩代寡婦有人奉養。曹家三代四世江寧織造的殊榮，是在如此悲悽的情境下完成。

曹頫曾於康熙五十四年三月奏告皇帝，顒妻馬氏已懷胎七月，馬氏產期當在夏日，若是生了男孩，則他的兄長有後了。許多紅學家都認為此遺腹子，必得母親與祖母特別的溺愛，像極《紅樓夢》中的賈寶玉，因而推測雪芹生父就是曹顒，他就是曹天祐，也就是書中的賈寶玉。

曹頫生平為紅學家忽視，認為他不過是《紅樓夢》中的賈政，不少紅學家認為他可能是重要批書者畸笏叟，也有人認為他是雪芹生父。

雍正登基後，立即查抄蘇州織造李煦，曹家暫時倖免。雍正四年曹頫因織緞輕薄被罰俸，次年又因御用褂面落色再被罰，最後又被密告家人匿遁財產，終難逃被革職抄家的厄運，曹頫做了十二年又十個月江寧織造。

革職後的曹頫約為三十歲左右，他還被枷號及須賠償虧空銀兩，是曹家三代四世織造中最大起大落的，也是最具戲劇性的。亦有人以為《紅樓夢》初稿為曹頫所寫，繼而由其子雪芹併入了《風月寶鑑》稿，增刪修改完成全書，符合曹雪芹無論出生多早，都趕不上曹家最風光的時分。

鑲紅旗王妃

以曹家包衣的低下身分，能與皇親貴胄聯姻，是史無前例的殊榮。

曹家最大的恩典殊榮，當屬曹寅長女曹佳氏在康熙四十五年十一月，經康熙指婚嫁予平郡王納爾蘇，納爾蘇是努爾哈赤二子代善之後，平郡王是清初所封八個世襲罔替鐵帽子王之一，以曹家包衣的低下身分，與皇親貴胄聯姻，當時是史無前例的殊榮。

紅學家都同意，作者炫耀家族光榮歷史，元妃有曹佳氏的影子。嫁入王府的曹佳氏一共生了四個兒子，三個長大成人，長子福彭出生還驚動天聽，康熙四十七年七月十五，曹寅在給康熙的奏摺上寫到「臣接家信，知鑲紅旗王子已育世子……」

納爾蘇是皇十四子胤禎西征副將，雍正四年納爾蘇因故被罷爵，未滿十八歲的福彭繼任了平郡王。

平郡王府在北京城西規模非常大，目前王府仍有重要院落保存下來，做為學校使用。過去大宅都坐北朝南，因而平郡王府正面是小路新文化街，背面反而是寬闊的長安大街。

平郡王府與曹雪芹工作過的右翼宗學，或曹家奏摺上提過，有房產在北京的鮮魚口都很近，是構思《紅樓夢》的可能場域之一。

位於石駙馬胡同的平郡王府

龍翰鳳藻　紅豆相思

康熙四十七年六月廿六卯時，愛新覺羅福彭誕生。

福彭十歲左右與胤禎嫡子弘明，被康熙接到宮中扶養，三、四年後乾隆才初次見到他的祖父康熙。

雍正即位後，福彭仍被留在宮中，並在雍正四年繼任平郡王。雍正六年，十九歲的福彭初次與十六歲的皇四子弘曆相見。

有些紅學家認為福彭為弘曆伴讀，據史料顯示，雍正的皇子們都是六歲開始讀書，這時弘曆已娶妻生子，是否仍需伴讀？況貴為鐵帽子王亦不適合當伴讀。

雍正八年福彭奉詔代雍正往盛京修理皇陵前水道，雍正十一年四月，廿四歲的福彭進入軍機處。此處為雍正首創，因鄰近皇帝正寢朝夕處理皇帝親自交辦事項，並提供皇帝策略，是清朝權力的核心。福彭原來就是天潢貴胄、入軍機更貴為天子近臣，年紀輕輕就權傾一時。

同年八月福彭任定邊大將軍，率師討噶爾丹策零，臨行聲勢如日中天，等同皇太子的寶親王撰文送行「……知王之果可大用也，遂有定邊大將軍之命，而統西征之師……王器量寬宏，才德優良……而與言政事，則若貫驪珠而析鴻毛……」

弘曆即位前，將自己詩文輯為《樂善堂全集》一書，卷首有福彭作序。詩集中顯示，乾隆皇子時代獲贈詩文最多的友人，就是福彭。

夏日炎炎時，弘曆有「夜臥聽雨」憶福彭長達二十八句的長詩：

芭蕉響滴殘夢醒，醒後悠悠動遠思。
思在龍堆連雪嶺，如心居士在軍營……
猶憶去年煙雨中，綠蓑共泛滄波艇。
清宵蝶夢亦偶然，人生何必嘆浮梗。
借有好風吹送詩，知君應在三秋領。

秋日，弘曆又想起一年前的此時，福彭奉命西征，離別的一周年又是長詩：

徘徊倚石欄，閒望抒清吟。
卻憶昨年秋，令夕選知音。
撫景懷契闊，躊躇思不禁……
月明人盡望，壯士秋思沉。

冬日，弘曆也有思念福彭遠在苦寒邊塞：

暖閣薰爐刻漏移，閒情萬里憶相知，
高齋趣永三餘樂，絕塞風寒列戍悲。
約計凱旋應指日，欲緘書寄更無期，
難堪剪燭清吟夜，念到寒更毳幙時。

夜卧聽雨憶平郡王
朱明届候天方永如烘暑氣焦塵境座間揮扇手欲疲
林下乘風吹不冷今朝一雨洗煩囂入夜濛濛萬緣靜
楊柳陰中罷暮蟬梧桐枝上收清影時有匡牀高卧人
一杯芳潤澆苦茗夜涼霜簟好安眠芭蕉響滴殘夢醒
醒後悠悠動遠思思在龍堆連雪嶺如心居士在軍營
年來王事勞馳騁即此清涼夜雨秋行帳殘燈懸耿耿
欽定四庫全書　御製樂善堂全集定本　卷二十　六
天心仁愛當偃師坐看絕塞狼煙靖百萬健兒歸故鄉
淨洗兵戈只俄頃猶憶去年煙雨中綠蓑共泛滄波艇
清宵蝶夢亦偶然人生何必嘆浮梗借有好風吹送詩
知君應在三秋領

滴不盡相思淚拋紅豆　開不完春柳春花
滿畫樓　睡不穩紗窗風雨黃昏後　忘不
了新愁與舊愁　嚥不下玉粒金蓴噎滿喉
石頭記
照不見菱花鏡裏形容瘦　展不開的眉頭
捱不明的更漏　呀　恰便是遮不住的青
山隱隱　流不住的綠水悠悠

冬夜憶平郡王
暖閣熏爐刻漏移閒情萬里憶相知高齋趣永三餘樂
絕塞風寒列戍悲約計凱旋應指日欲緘書寄更無期
難堪剪燭清吟夜念到寒更毳幙時

《樂善堂集》為乾隆皇子時期作品，贈詩多首予福彭，遣詞用句似曹雪芹所撰《紅樓夢》廿八回賈寶玉初見蔣玉函所唱的〈紅豆詞〉。

《紅樓夢》十四回賈寶玉初見北靜王，似是描寫曹家北返作者初見剛襲平郡王爵位的福彭，當時福彭未滿十九歲，面如美玉，目似明星。

努爾哈赤次子代善（1583-1648），與其長子岳托（1599-1639）都被封為八個鐵帽子王之一，福彭是岳托的五世孫。《紅樓夢》中榮國公有子名賈代善是巧合或有意？

福彭的八字是戊子、庚申、辛未、辛卯，略通八字者都知曉辛日生者，八字又有子午卯酉者必屬美貌。十九歲時扮演〈走向共和〉一劇中光緒皇帝的李光潔，亦生於辛未日，乾隆初見的福彭大致就是這個容貌。

北靜王是《紅樓夢》中特殊的人物，是否影射福彭？

愛新覺羅弘曆少年時期與福彭（1708-1748）相知甚深，即位後乾隆大帝封福彭為總理大臣位同宰相，當時弘曆二十四歲、福彭二十七歲。

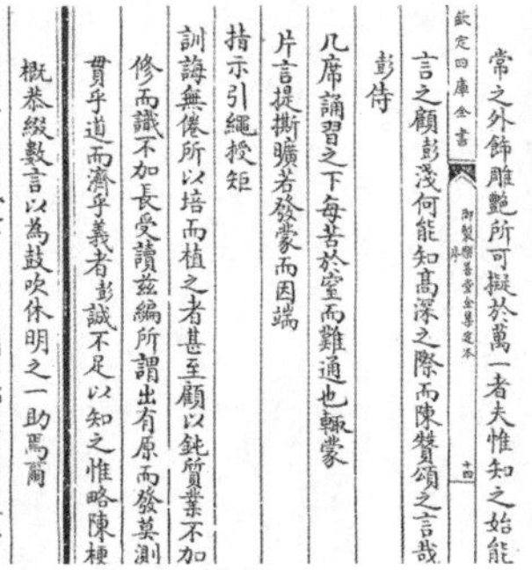

常之外飾雕艷所可擬於萬一者夫惟知之始能
言之顧彭淺何能知高深之際而陳贊頌之言哉
彭侍
几席誦習之下每苦於窒而難通也輒蒙
片言提撕曠若發蒙而因端
指示引繩授矩
訓誨無倦所以培而植之者甚至顧以鈍質業不加
修而識不加長受讀茲編所謂出有原而發莫測
貫乎道而濟乎義者彭誠不足以知之惟略陳梗
概恭綴數言以為鼓吹休明之一助焉爾
雍正十年歲次壬子十月朔平郡王福彭謹序

《樂善堂集》乾隆邀福彭為他作序，文句謹守君臣分際。

詩中弘曆稱福彭為如心居士，緣於雍正十一年春夏間，宮中會舉辦歷時半年的法會，雍正親自宏揚佛法。經指引而證道者收為門徒，計十四人。其中王族包括皇弟允祿號愛月居士、允禮號自得居士、皇子弘曆號長春居士、弘晝號旭日居士、多羅郡王福彭號如心居士。

乾隆即位時，福彭正統兵烏蘇里雅蘇臺為大將軍，被召回與允祿等共任總理大臣，地位等同宰相之尊。

高陽以「鳳藻」是宰相文筆，推測曹雪芹以元妃封鳳藻宮影射福彭。

不久福彭似退出權力核心，乾隆亦不再贈詩福彭。紅學家在極有限的史料中，推測是否福彭捲入乾隆四年時，胤礽子弘晳的奪權紛爭中，導致失寵。

乾隆十三年福彭的名字才又見於史書：諭旨稱「平郡王宣力有年，恪勤素著。今聞患病薨逝，朕心深為軫悼。特遣大阿哥攜茶酒往奠，並輟朝二日。謚曰『敏』。」

對福彭研究甚深的紅學家高陽認為，乾隆並未親往奠祭顯示已無友情，但他忽略乾隆一朝因悼念亡者而輟朝不多，帝師朱軾得一日、嫡子永璉得七日、皇后富察氏得九日。乾隆第二任皇后被他貶以貴妃級的喪禮下葬，更遑論輟朝。他的皇叔不論受重用的允祿、親叔叔允禵，都沒有這種殊榮，重臣如張廷玉、鄂爾泰也沒有。但福彭死時，乾隆輟朝二日以為哀悼，對這個老友乾隆是懷念的。

全唐詩

高宗皇帝

帝諱治文皇第九子始封晉王貞觀十七年立為皇太子在位三十四年謚曰天皇大帝集八十六卷今失傳存詩八首

太子納妃太平公主出降（咸亨四年太子弘納妃裴氏有司奏婚用白雁適苑中獲之）

龍樓光曙景魯館啓朝扉豔日濃妝影低星降婺輝玉庭浮瑞色銀牓藻祥徽雲轉花縈蓋霞飄葉綴旂雕軒回翠陌寶駕歸丹殿鳴珠佩曉（一作綾）衣鏤璧輪開（一作初）扇華冠列綺筵蘭醑申芳宴環階鳳樂陳玳席珍羞薦蝶舞袖香新歌分落素塵歡凝歡懿戚慶叶慶初姻暑闌炎

康熙四十六年曹寅奉敕編纂《全唐詩》計九百卷。

曹寅 賈演

兩人名字如此神似，《紅樓夢》是曹家自敘傳記嗎？

曹寅是曹家最重要的核心人物，如果沒有康熙對他的信任，江寧織造不過是年俸一百五十兩的內務府小差官。若沒有曹寅，就不會有《紅樓夢》這本書，如何找到曹家與賈家的等號，一直是紅學家們喜歡的遊戲。

曹寅的一些軼事常被批書者隱約提起，像是西堂飲酒或說過樹倒猢猻散的讖語等等。晴雯補裘後「自鳴鐘敲了四下」句下，有夾批「寅此樣法避諱也」暗示作者避「寅」字諱，為曹寅後人。

寅此樣法避諱也

《紅樓夢》中有曹寅嗎？在一堆不是好色好賭，就是迂腐官僚的男人中，會有曹寅這樣一位才貌雙全長輩的影子嗎？

曹寅兩字確與寧國公賈演的名字相似，但賈演是一個根本沒有出過場的人物不說，原應是與賈演同輩的榮國公夫人史太君，不知何時變成了晚一輩的賈代善夫人，這個賈代善一輩怎麼冒出來的，沒有紅學家明白。可見曹家與賈家間不存在一對一的關係，想如此對比出什麼真相，反而會深陷泥淖。

多鐸後代生於乾隆三十六年的裕瑞，其所著《棗窗閒筆》透露不少訊息，雖然他說過賈寶玉並不是曹雪芹自己，但很多紅學家還是將曹雪芹看為賈寶玉，同時也是曹顒的遺腹子曹天祐。史景遷在《曹寅與康熙》附錄中，提到他自己對《紅樓夢》的觀點，認同此一父子關係。此書初版的時間是1966年，當時許多資訊皆未發掘，這些假設今天看來並不全然正確。

相信這種說法者，認為曹頫符合書中賈政的角色，還有祖孫真、父子假的論述，拿小說情節證明現實關係，有些匪夷所思。

又有人認為曹顒是早逝的賈珠，在書中賈珠是賈寶玉的哥哥，他的兒子賈蘭未來似有功名，豈不較像官居州同的曹天祐。曹顒確有賈珠的身影，是一般紅學家可接受推論合理範圍的底線。

裕瑞說過賈元春等四姐妹是作者的姑姑輩，曹雪芹不論是曹顒或曹頫的兒子，他的姑姑確實是王妃，符合早期作者構思元妃是王妃。

至於賈寶玉是誰？以現有資料確實無法探討，或許是許多人物的綜合，也有作者的想像，或他自己的希望。有些紅學家認為，曹雪芹若不是生於康熙五十四年夏天的曹天祐，到抄家時他已滿十三歲，才可能如此精確地描述曹家在金陵生活的錦衣玉食。惟此年曹顒的猝逝，是曹家又一次陷入絕境，只有虧空哪來榮華富貴。曹家是靠康熙再度伸出援手，替曹寅選他弟弟曹宣的四子曹頫入嗣，扶養寅妻李氏及顒妻馬氏。

事實上，他即使再早生幾年，也趕不上繁華鼎盛的曹家。只有此時接任江寧織造的曹頫，才有鼎食之家的生活經驗，但他也不像賈寶玉，反而更像林黛玉。

曹頫約生在康熙三十五年到三十七年間，他父親於康熙四十七年左右去世，曹頫到金陵投親約七歲，黛玉入京年紀也約七歲，第三回回目甲戌本獨為〈榮國府收養林黛玉〉旁有「二字觸目淒涼之至」之批，全回對對林黛玉母亡投親的複雜心緒絲絲入扣，走入賈府後看到內部的陳設，一步步走過的門、廊、廳、閣一絲不亂，非親身經歷者是無法如此確切地掌握。

二字觸目淒涼之至

曹宣的生日為二月十二，書中林黛玉亦生於二月十二，為紀念曹宣，或只是因該日為傳統的百花生日，就不得而知了。若初稿部分的作者是曹頫，那麼金陵的繁華舊夢、接駕的陣仗、抄家的悲痛都上心頭，也不必擔心年輕的雪芹，是否趕上曹家全盛時期。

謎般的曹霑

曹雪芹的生平是一個謎，不但不知他的父親是誰，他生於何年、死於何年都還有各種爭議。他現存的史料，比可能是他父親的曹顒或曹頫還要少。

在有限的這些資料中，可靠的也不多，大約只有摯友愛新覺羅敦誠、敦敏兩兄弟的詩文可以完全採信。

敦誠《四松堂集》一首〈寄懷曹雪芹〉詩名下有一「霑」字。這首詩在「揚州舊夢」句下註「雪芹曾隨其先祖寅織造之任」十二字，是曹霑先祖為曹寅的實證。此詩以「不如著書黃葉村」為末句。

敦敏的《鷦鷯庵雜記》有〈贈曹雪芹〉詩「滿徑蓬蒿老不華，舉家食粥酒常賒。」之句，描寫曹雪芹生活貧困，住在陋室食粥賒酒的窘境，與《紅樓夢》開場作者自敘「**今日之茅椽蓬牖，瓦灶繩床……**」類同。

二敦是英親王阿濟格的後代，阿濟格同母弟多鐸的後人裕瑞，是另一位提供較可信資料者，他的《棗窗閒筆》透露不少珍貴資訊：

「……雪芹二字想係其字與號耳，其名不得知。曹姓漢軍人，亦不知其隸何旗。其人身胖頭廣而色黑，善談吐，風雅遊戲，觸境生春。聞前輩姻戚有與之交好者……其先人曾為江寧織造頗裕，又與平郡王府姻戚往來。

聞其所謂寶玉者，尚係指其叔輩某人，非自己寫照也。所謂元迎探惜者，隱寓原應歎息四字，皆諸姑輩也……」

乾隆三十三年時，一位不認識曹雪芹的宗室愛新覺羅永忠，從二敦的叔叔墨香處讀到了《紅樓夢》，寫了弔雪芹詩：

傳神文筆足千秋，不是情人不淚流。
可恨同時不相識，幾回掩卷哭曹侯。
顰顰寶玉兩情癡，兒女閨房語笑私。
三寸柔毫能寫盡，欲呼才鬼一中之。
都來眼底復心頭，辛苦才人用意搜。
混沌一時七竅鑿，爭教天下不賦愁。

愛新覺羅敦敏（1729-1796?）與敦誠（1734-1791）兄弟是與多爾袞多鐸同母兄長英親王阿濟格六世孫，目前所知曹雪芹資料，都是透過兩人的詩文。

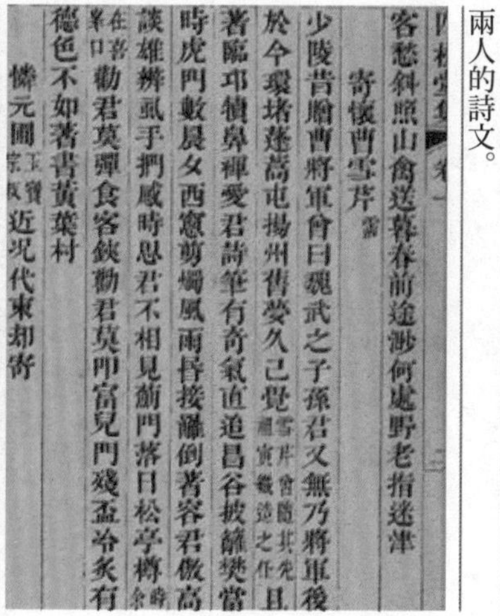

客愁斜照山禽送春前途渺何處野老指迷津

寄懷曹雪芹（霑）

少陵昔贈曹將軍曾曰魏武之子孫君又無乃將軍後
於今環堵蓬蒿屯揚州舊夢久已覺（雪芹曾隨其先祖寅織造之任）且
著臨邛犢鼻褌愛君詩筆有奇氣直追昌谷披籬樊當
時虎門數晨夕西窗剪燭風雨昏接䍦倒著容君傲高
談雄辨虱手捫感時思君不相見薊門落日松亭樽（時余在喜峰口）
勸君莫彈食客鋏勸君莫叩富兒門殘盃冷炙有
德色不如著書黃葉村

憐元圖（宗叔玉寶）近況代柬却寄

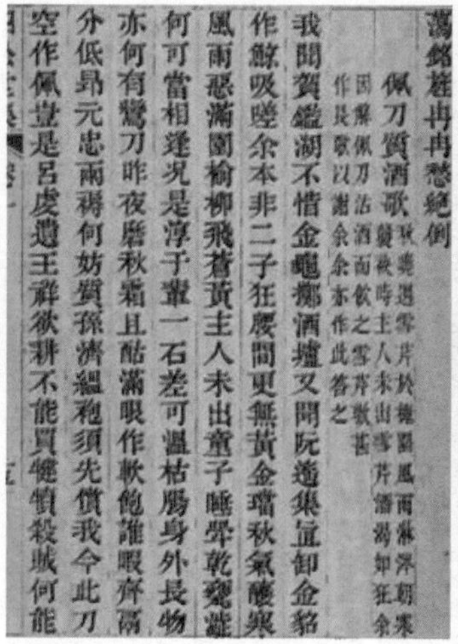

鷦鷯巷冉冉慧絕倒

佩刀質酒歌（秋曉遇雪芹於槐園風雨淋涔朝寒襲袂時主人未出雪芹酒渴如狂余因解佩刀沽酒而飲之雪芹歡甚作長歌以謝余余亦作此答之）

我聞賀鑒湖不惜金龜擲酒壚又聞阮遙集直卸金貂
作鯨吸嗟余本非二子狂腰間更無黃金璫秋氣釀寒
風雨惡滿園榆柳飛蒼黃主人未出童子睡斝乾甕澀
何可當相逢況是淳于輩一石差可溫枯腸身外長物
亦何有鸞刀昨夜磨秋霜且酤滿眼作軟飽誰暇齊鬲
分低昂元忠兩褥何妨質孫濟緼袍須先償我今此刀
空作佩豈是呂虔遺王祥欲耕不能買健犢殺賊何能

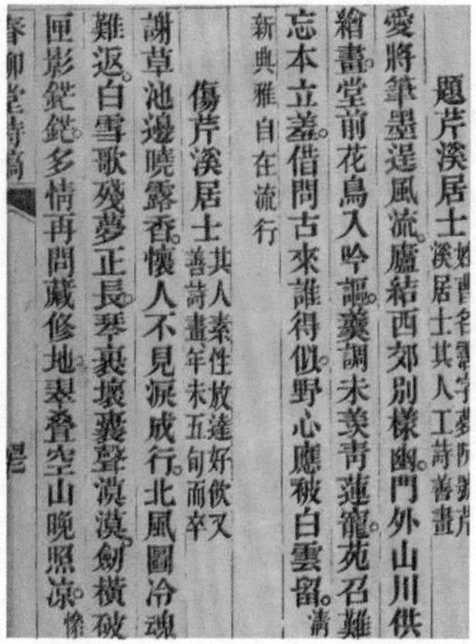

題芹溪居士（姓曹名霑字夢阮號芹溪居士其人工詩善畫）

愛將筆墨逞風流。廬結西郊別樣幽。門外山川供
繪畫。堂前花鳥入吟謳。羹調未羨青蓮寵。苑召難
忘本立羞。借問古來誰得似。野心應被白雲留。
新典雅自在流行

傷芹溪居士（其人素性放達好飲又善詩畫年未五旬而卒）

謝草池邊曉露香。懷人不見淚成行。北風圖冷魂
難返。白雪歌殘夢正長。琴裹壞囊聲漠漠。劍橫破
匣影鋩鋩。多情再問藏修地。翠疊空山晚照涼。

春柳堂詩稿

主張曹雪芹生於康熙五十四年者，多半引用張宜泉的《春柳堂詩稿》上「年未五旬而卒」之附註。惟張宜泉生卒年不詳，詩稿係光緒年刊本，較之二敦此資訊並非絕對可信。

愛新覺羅永忠（1735-1793）胤禎之孫，其所著《延芬室集》錄有寫於乾隆三十三年的弔曹雪芹詩。

永忠叔叔弘旿詩前寫「此三章詩極妙。第《紅樓夢》非傳世小說，余聞之久矣，而終不欲一見，恐其中有礙語也。」

永忠是康熙皇十四子胤禎的嫡孫，他的父親弘明與福彭一起被康熙養育在宮中。雍正年間，弘明與父親都被軟禁，乾隆即位，胤禎封恂郡王，弘明仍不願入仕，自號栟櫚道人，並給每個兒子一套棕衣，要他們遠避官場保全身首。永忠會如此感嘆曹雪芹，必是《紅樓夢》的故事說到了他的心坎中。

根據這些線索及一些資訊拼湊，大致知道曹雪芹應該是在南京出生，也在南京生活了一小段時間，由於曹家自曹寅晚年即陷入虧空噩夢，雖然他極可能是在江寧織造署中長大，但他並沒有太多機會，享受如書中賈寶玉似錦衣玉食的生活。

他一生大部分時間都是在北京度過，敦誠描述兩人「當時虎門數辰夕，西窗剪燭風雨昏。」虎門是他與敦誠相識相交所在地，即北京西城石虎胡同的右翼宗學。由於宗學是皇家宗室才能進入唸書的學校，雪芹應該僅是在該處工作。

敦誠最後的輓曹雪芹詩，有「四十年華付杳冥」之句，他應該在四十左右的英年早逝，留下尚未寫完的《紅樓夢》。

二敦詩有「不如著書黃葉村」之句，北京西山植物園內曹雪芹紀念館傳說是他最後居住之地，建築物建於一九八四年，題壁詩發現於一九七一年，紅學家大多不認為此詩與曹雪芹有關。

蘇州李家

如果曹家是榮國府、李家可能是寧國府嗎？還是王家或史家？

曹寅調任江寧織造後，蘇州織造一職即由其姻親李煦接任。李家先世與曹家極為近似，一樣在關外因被俘成為清正白旗包衣。與曹璽年歲接近的李士楨，娶了曾任康熙保母的文氏為妻，也與曹璽一樣仕途順利，並蔭及子孫。順治十二年李士楨長子李煦出生，他比曹寅大三歲，一樣會是康熙伴讀及侍衛。

康熙二十年時李士楨出任廣東巡撫，籌設創建廣東海關，並招商組十三行洋行，是康熙中葉管理對外貿易及外務的重臣。王熙鳳說的「**那時我爺爺單管各國進貢朝賀的事，凡有外國人來，都是我們家養活。粵、閩、滇、浙所有的洋船貨物都是我們家的。**」她爺爺就像是在說李士楨，因而有人認為李家就是《紅樓夢》中的王家。也有人認為曹家是榮國府、李家是寧國府，總之蘇州李家與《紅樓夢》關係密切。

康熙二十七年，李煦擔任與皇帝起居最密切的暢春院總管，卅二年李煦接曹寅任蘇州織造，日後曹家兩次遭逢巨變，都由李煦出面奏呈，協助孤兒寡婦度過難關。

雍正元年正月，距康熙死不到兩個月，李煦以近七十高齡被革職抄家，房舍二三六間賞給年羹堯、家人十口及僕人二一七人被變賣為奴。因為沒人敢買，雍正又將他們送給年羹堯為奴。雍正三年底，年羹堯被賜死自盡後，李家人再度顛沛流離，命運之悽慘無法想像。

雍正五年李煦又被查出曾花八百兩銀，買五個江南女子送給皇八子胤禩，刑部判斬監候。或許此時胤禩已死，雍正批示「李煦著寬免斬，發往打牲烏拉。」雍正七年二月，李煦以七十五高齡飢寒交迫病逝流放地。

李煦長子名李鼎，康熙五十五年又得一子名李鼐，此一命名與《紅樓夢》中史湘雲家的史鼎、史鼐兄弟相同，又有人認為李家是否是四大家族中的史家。

裕瑞說過賈寶玉者是雪芹叔輩某人，李鼎可算是雪芹表叔伯，李鼐出生時有文人寫祝賀詩，驚訝兄弟二人相差二十歲，推算李鼎生於康熙三十五年前後。李鼎祖母文氏逝於康熙五十九年，時李鼎約二十五歲，文氏像寵愛孫子的史太君原型。

李鼎從出生到被抄家，至少過了二十多年紈褲子弟的日子，康熙最後一次南巡時他約已十餘歲，算是經歷過接駕的大陣仗。

紅學家皮述民教授會提出，李鼎才是賈寶玉的原型，也是批書的脂硯齋，並非全屬無稽之論。

有紅學界認為，今蘇州第十中學的原織造府為《紅樓夢》中寧國府，門口真有一對石獅子。

程本《紅樓夢》第九十八回回目〈苦絳珠魂歸離恨天　病神瑛淚灑相思地〉被認為是續書的經典，也是最最讓讀者落淚的一回。

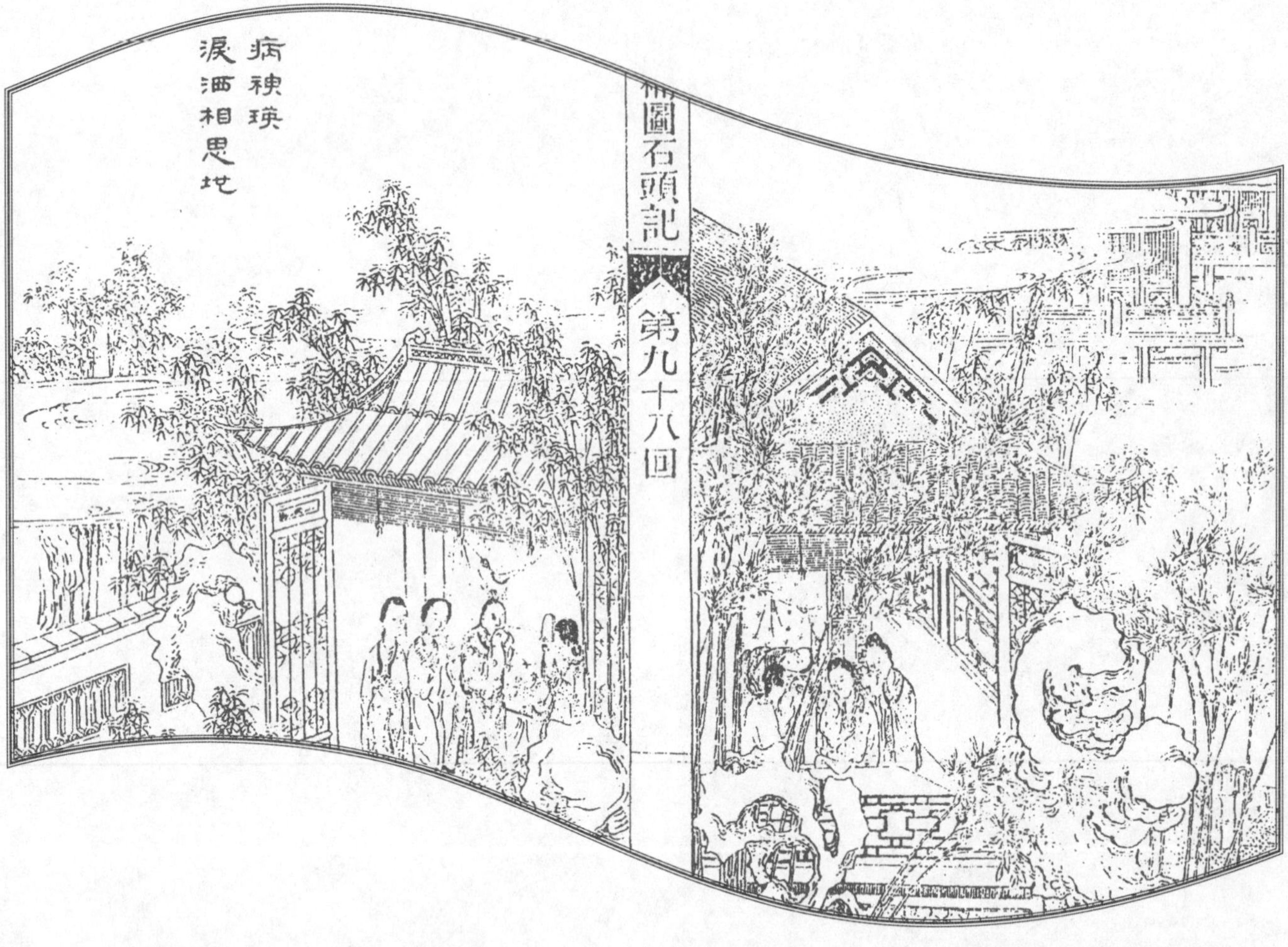

第二講

從程乙本說起

《紅樓夢》完成雖已超過兩個半世紀，最初一百餘年的閱讀者，是屬於小衆的，一直到一九二一年五月上海亞東圖書館出版了鉛印本，大衆才有機會接觸到此書。亞東圖書館當時鉛印多種有標點的古典小說，《紅樓夢》的編務由書局編輯汪原放執行，他以清代刻本加上標點符號後，接受胡適建議以胡適藏程乙本校對。

《紅樓夢》出版後十分暢銷曾多次再版，後來各大書局都據此版翻印，因此坊間的《紅樓夢》幾乎都源自亞東版，亞東版根據程乙本，就先從程乙本說起吧。

所謂程乙本是萃文書屋的書商程偉元，乾隆五十七年三月，以活字版排印的一百二十回《紅樓夢》。因為這套書程偉元在前一年已印過一次，這年只是修版重印，紅學界為區分兩書，分別以程甲本、程乙本命名。

不論程甲本或程乙本，書中都附了二十四幅主角人物的繡像，全名是《繡像紅樓夢》。程偉元會出版此書當然是有市場行情，如書前序中所說「好事者每傳抄一部，置廟市中，昂其值得數十金。」比起手抄本來，印本的售價便宜不少，大大地拓開了讀者群。程偉元此舉帶動了其他書局繼續刻印《紅樓夢》的風潮，其中乾隆末年根據程甲本刻的東觀閣本流傳最廣。

為何胡適選中程乙本為底本，在其〈紅樓夢考證〉一文中，他曾自信滿滿地寫著「程乙本我自己藏有一部，乙本遠勝於甲本，但我仔細審察，不能不承認程甲本為外間各種《紅樓夢》的底本。各本的錯誤矛盾，都是根據於程甲本的，這是《紅樓夢》版本史上一件最不幸的事。」胡適認為程乙本前後接續非常完整，沒有錯誤矛盾，所以適合給大衆閱讀。活字版排一次只能印一百套左右，此時《紅樓夢》仍是小衆文化，鉛印才是《紅樓夢》大衆化的起步。

程乙本真的那麼好嗎？胡適當時並不知道七年以後，他會遇見並擁有甲戌本，徹底改變了他自己對《紅樓夢》版本的看法，也改變了整個紅學研究的界域，只是廣大的讀者沒同步，被停格在程乙本上了。

湯顯祖（1550-1616）是明末最重要的劇作家，其《牡丹亭》一劇對《紅樓夢》影響深遠。

因悲劇勝出

黛玉病死、寶玉出家，
《紅樓夢》續書打破中國小說的團圓迷信。

清代已普遍認知《紅樓夢》未完，沒有一部抄本超過八十回，多事者自然會設法接續，有所謂《後紅樓夢》被胡適譏之為「把黛玉晴雯都從棺材裡扶出來，重新配給寶玉。」還有更多荒誕不堪，如寶黛轉世投胎再婚配等等的團圓版。

《紅樓夢》邁入鉛印本普及的重要關鍵時刻選了程乙本，較之其他光怪陸離的續書，除內容優秀外，胡適的選擇是「至少替中國文字保存了一部有悲劇下場的小說。」他稱讚高鶚難能可貴，居然「忍心教黛玉病死，教寶玉出家，作一個大悲劇的結束，打破中國小說的團圓迷信。」

悲劇就比團圓戲好嗎？《牡丹亭》中杜麗娘不也是「從棺材裡扶出來」配給柳夢梅，有誰為此罵過湯顯祖？品質還是重要的。

程本第九十八回的回目〈苦絳珠魂歸離恨天、病神瑛淚灑相思地〉回名就下得相當出色，回中賈寶玉聞黛玉已死，恍惚來到陰司泉路，想尋訪黛玉亡魂，陰司答「林黛玉生不同人，死不同鬼，無魂無魄，何處尋訪……」續書能呼應原著第一回，絳珠與神瑛的木石前盟神話，完成到如此淒厲的結果確實不易。

程本最後一回描述賈政扶母柩歸葬金陵，回程雪天在船上寫家書，寫到寶玉時「……抬頭忽見船頭上微微的雪影裡面一個人，光著頭、赤著腳，身上披著一領大紅猩猩氈的斗篷，向賈政倒身下拜……」也夠精采。

這些續書的片段，反而成了一般讀者初讀《紅樓夢》時最深刻的印象。程本後四十回有些段落，確實寫的不落俗套，至於其他文稿，胡適認為後四十回雖比不上前八十回，但比其他續書好，且前八十回程乙本也比當時僅見的抄本「有正本」好，他特別以第六十七回為例，認為程乙本比較合理，他相信「大概程本當日確曾經過一番『廣集各本核勘，准情酌理，補遺訂訛』的工夫，故程本一出即成定本，其餘各抄本多被淘汰了。」

後來紅學家才知道，胡適引以為例的六十七回是有問題的。曹雪芹雖說寫了八十回，但缺六十四、六十七兩回，也有些回沒寫完，或未增刪完成，這些缺遺正是紅學界尋訪作者原結局，研究探佚的重要線索，珍貴資料被程、高兩人這麼「補遺訂訛」一下，不就全都完了。

慶幸的是甲戌本等抄本陸續被發現了！

《紅樓夢》已翻譯成多國文字，一九七三至一九八六年間Penguin Classics出版五大冊由David Hawkes and John Minford所譯一百二十回最有名，用了《石頭記—The Story of the Stone》為書名。一九九六年Penguin Group另出版了以《紅樓夢—The Dream of the Red Chamber》為名的譯本。

通靈寶石
絳珠仙草

兩頁消失的石頭神話

不要因為不知道就說不重要，版本真的很重要！

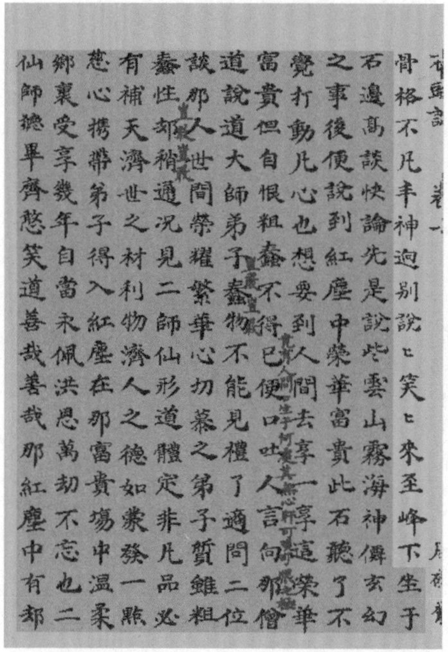

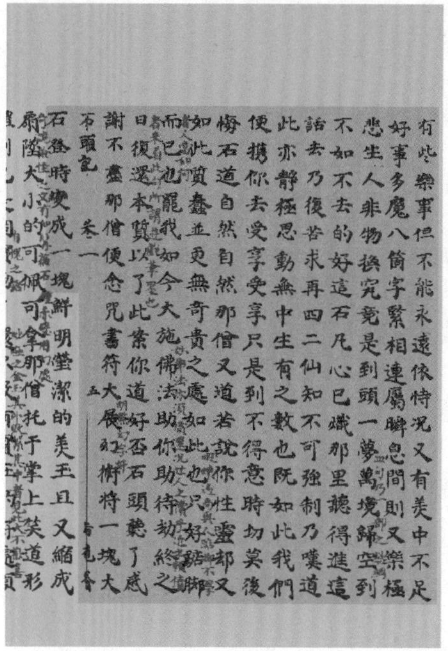

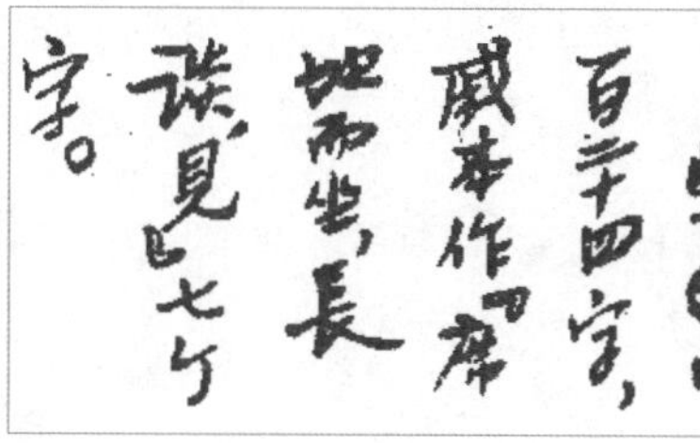

①此下四百二十四字，戚本作「席地而坐，長談，見」七个字。

胡適發現甲戌本第一回，比當時流傳的有正本多出四百二十四個字，他寫下墨筆批註，並未推測原因。

有人認為讀《紅樓夢》小說本文最重要，不用去管什麼「版本」或什麼「脂批」這種說法對嗎？閱讀其他文學作品也許是對的，但讀《紅樓夢》是不成立的。

「未能補天的頑石」是《石頭記》書名的楔子，第一回作者用大眾所熟悉的女媧補天神話開始：

……**女媧氏煉石補天之時，於大荒山無稽崖煉……頑石三萬六千五百零一塊。媧皇氏只用了三萬六千五百塊，只單單剩了一塊未用，便棄在此山青埂峰下。誰知此石自經煅煉之後靈性已通，因見眾石俱得補天，獨自己無才不得入選，遂自怨自嘆，日夜悲號慚愧。**

此段文字各版皆同，程乙本「愧」字後多出「自去自來，可大可小。」兩句，接下來各版均述說，石頭不久見到一僧一道，彼此沒有經過什麼互動，兩人無緣無故地，竟承諾帶石頭到紅塵溫柔富貴鄉中安身樂業。

……**此石那僧托於掌上，笑道形體倒也是個靈物了，只是沒有實在的好處。須得再鐫上幾個字。使人人見了便知你是件奇物，然後攜你到那昌明隆盛之邦、詩禮簪纓之族、花柳繁華地、溫柔富貴鄉那裡去走一遭。**

雖庚辰本也是這般寫的，這段文字實在不通之極，僅甲戌本多出了近兩頁的文字，精彩地描述一僧一道與石頭間深刻的對話。（詳見上圖兩頁甲戌原稿）

其中重點在石頭聽到僧道說到紅塵種種繁盛後的嚮往，這兩人既訴說凡間樂事，挑起石頭的好奇心，又以樂事不是永遠的，到頭不過一夢來澆冷水，脂批「四句乃一部之總綱」，這段寫道：

善哉，善哉！那紅塵中確有些樂事，但不能永遠依恃；況又有「美中不足，好事多磨」八個字緊相連屬，瞬息間則又樂極悲生，人非物換，究竟是到頭一夢，萬境歸空……

凡心已熾的石頭哪聽得下說教，二人也覺悟這是劫數，所謂靜極生動、無中生有。遂將石頭變成玉墜大小，助它到紅塵應劫，表示「**待劫終之日，復還本質，以了此案。**」

甲戌本這兩頁石頭神話文字，是一個絕佳的開場，帶出全書珍髓。除甲戌本外，其他抄本之底本，此兩頁應該是遺失，抄者為順文字句，加了些不通的連結。

變調的還淚

石頭到底是不是神瑛？寶玉是不是石頭？兩者間讀者應有無窮的想像，是雲煙之中的無限丘壑。

《紅樓夢》第一回以石頭神話開場後，故事敘述到甄士隱登場，他的名字脂批「託言將真事隱去也。」在炎炎夏日午後，甄士隱夢到一僧一道，此時，脂批提醒讀者「是方從青梗峰袖石而來。」這場夢中，作者從石頭神話開場的基礎上，編述了另一個還淚神話，暗示賈寶玉與林黛玉的前世情緣。

託言將真事隱去也
是方從青梗峰袖石而來

道人問僧攜了石頭意欲何往？僧答「現有一段風流公案正該了結」趁此將石頭「夾帶於中。」

甲戌本、庚辰本都是這樣寫的：

> **只因西方靈河岸上三生石畔，有絳珠草一株，時有赤瑕宮神瑛侍者，日以甘露灌溉，這絳珠草始得久延歲月。後來既受天地精華，復得雨露滋養，遂得脫卻草胎木質得換人形，僅修成個女體，終日遊於離恨天外，飢則食蜜青果為膳，渴則飲灌愁海水為湯。只因尚未酬報灌溉之德，故甚至五內便鬱結著一段纏綿不盡之意。**
>
> **恰近日這神瑛侍者凡心偶熾，乘此昌明太平朝世，意欲下凡造歷幻緣，已在警幻仙子案前掛了號，警幻亦曾問及灌溉之情未償，趁此倒可了結的。**
>
> **那絳珠仙子道：「他是甘露之惠，我並無此水可還。他既下世為人，我也去下世為人，但把我一生所有的眼淚還他，也償還得過他了。」**

神瑛侍者就是賈寶玉，而絳珠是林黛玉，兩人因有這麼一段甘露之惠的姻緣，被作者喻為質樸的「木石前盟」，相對於日後俗世認同的「金玉良緣」。

看過這段文字，明顯石頭是被夾帶，跟著寶、黛兩人一起到塵世歷劫，與前文一致。

但程乙本卻是這樣寫的：

> **只因當年這個石頭媧皇未用，自己卻也落得逍遙自在，各處去遊玩。一日來到警幻仙子處，那仙子知他有些來歷，因留他在赤霞宮中，名他為赤霞宮神瑛侍者。他卻常在西方靈河岸上行走，看見那靈河岸上三生石畔有棵絳珠仙草，十分嬌娜可愛，遂日以甘露灌溉，這絳珠草始得久延歲月。後來既受天地精華，復得甘露滋養，遂脫了草木之胎，幻化人形，僅僅修成女體，終日游於離恨天外，饑餐祕情果，渴飲灌愁水。只因尚未酬報灌溉之德，故甚至五內鬱結著一段纏綿不盡之意。常說「自己受了他雨露之惠，我並無此水可還。他若下世為人，我也同去走一道，但把我一生所有的眼淚還他，也還得過了。」**

程乙本雖抄掠了一點文意，但鋪陳的文字囉唆拙劣。更自作聰明加上「……自己卻也落得逍遙自在……」畫蛇添足的文句，與前文石頭「遂自怨自愧，日夜悲哀……」根本矛盾。

庚辰本等高明之處，在於並無將「石頭」與神瑛侍者畫上等號，兩者間讀者有無窮的想像空間。石頭到底是不是神瑛？或寶玉是不是石頭其實並不重要，後文中也有多處，作者刻意區隔了寶玉與石頭，也有些段落似合一，又似區隔。

重要的是程乙本改動《紅樓夢》前八十回共達一萬五千五百三十七字。

《紅樓夢》重要的主角賈寶玉與林黛玉，作者安排了神瑛使者與絳珠仙草木石前盟的還淚神話，脂批譽為「千古未聞」，程本因缺頁而將此段修改得不倫不類。右頁為清代畫家汪圻(1776-1840)所繪，為紅樓繪圖中之精品。

結構性的改變

《紅樓夢》續書寫食品處處不離燕窩，未免俗氣。程本一善俱無諸惡俱備，真如狗尾續貂附骨之疽嗎？

> 釵玉名雖二人　人卻一身　此幻筆也
> 故寫是回　使二人合而爲一
> 請看黛玉逝後　寶釵之文字　便知余言不謬矣

程乙本若只針對前後接續作一些修改，就不會只有這麼少的掌聲，挨這麼多的罵名。裕瑞從程本一出版就開罵，曾說「一善俱無，諸惡俱備……若草草看去頗似一色筆墨，細考其用意不佳，多殺風景之處……」裕瑞對妙玉走火入魔、瀟湘館鬼哭等，皆認為大殺風景，他還注意到「寫食品處處不離燕窩，未免俗氣。」

張愛玲也非常偏激地說過「程本紅樓夢一出，就有許多人說是拙劣的續書……紅樓夢未完還不要緊，壞在狗尾續貂成附骨之疽。」文筆不佳也不至於被罵成這樣，主要是程乙本對全書做了結構性的改變。

甲戌本等抄本尚未被發現前，俞平伯已有《紅樓夢辨》一書，就前八十回作者的價值觀、文筆、線索等分析，指出程本與原著間有落差，後四十回當非曹雪芹所續。

俞說大致為：

一一九回的回目〈中鄉魁寶玉卻塵緣、沐皇恩賈家延世澤〉就大有問題。三十二回時湘雲提醒寶玉要講些仕途經濟的學問，寶玉回道「**姑娘請別的姐妹屋裡坐坐，我這裡仔細汙了你知經濟學問的。**」襲人打圓場說寶釵也說過類似話，結果寶玉就咳了一聲，拿起腳來走了。接著寶玉還說「**林姑娘從來說過這些混帳話，我早合她生分了。**」寶玉怎麼可能突然轉變？

前八十回一再鋪陳賈家漸漸乾枯衰敗，最後落一片白茫茫大地真乾淨。續書賈家雖被抄，但最後賈政又復襲榮府世職，孫輩蘭桂齊芳。寶玉雪地跪別後，竟還有賈政還朝陛見，皇上賞寶玉文妙真人的封號。真是……

俞平伯以原著「偶寫神仙夢幻，也只略點虛說而止。」但後四十回布滿弄鬼裝妖的空氣，主角個個到處見鬼；妙玉請拐仙扶乩、賈蓉請毛半仙占卦、賈赦請法師拿妖……

更糟的是程乙本為了配合續書，改了前八十回人物的個性，把寶釵的言行扭曲，定調為心機深厚，是與林黛玉爭賈寶玉的俗氣女子，以符合她配合「調包計」演出。這是不符曹雪芹本旨的。

庚辰本四十二回，回前總批「釵玉名雖二人，人卻一身，此幻筆也……故寫是回，使二人合而為一。請看黛玉逝後，寶釵之文字，便知余言不謬矣。」脂批所述後回黛玉是先病逝，寶釵不可能也沒機會參與調包計。

曹雪芹筆下釵黛是女性理想與現實的兩種面貌，雖作者似較認同黛玉，但寶釵的歷練與世故，確是當時社會的價值標準，書中每每並提，若兩峰對峙莫能上下。

程本其他惡質的改寫更是罄竹難書，張愛玲指出第六回「原文寶玉強襲人同領警幻所授雲雨之事……程乙本為『強拉』另加襲人扭捏了半日等兩句。」確似附骨之疽。

早有些紅學家無法忍受程本的品質，奮身校批前八十回，以俞平伯校本、馮其庸校本品質為佳。只是這些校本雖各有所本，多少還是加了校者自己的偏好，連汪原放晚年回憶，他為亞東版按程乙本校對時，忍不住改了許多錯字與錯排，可以說《紅樓夢》每一個版本，都有異同。

小結一下程乙本的功過，確如俞平伯臨終前的體悟，程本的安排及悲劇結局，讓《紅樓夢》在大眾世界活了，如果當年亞東版的《紅樓夢》充滿了考證、版本、脂批，又是只有八十回的未完本，肯定是無法暢銷再版的，在大眾世界《紅樓夢》可能就死了。

元妃的生與死

若元妃如書中所述大寶玉一歲，活了四十三歲，賈寶玉住進大觀園時快四十歲了！

賈元春最早有曹寅女曹佳氏與其嫡子福彭的影子，作者最後的增刪藉省親寫南巡，使元妃更似影射康熙，清代將所有用「玄」的字都改為「元」，包括曹雪芹出生地南京的玄武湖。

乾隆五十六年十一月程甲本才印完上市，次年三月就大幅修改印程乙本，中間只有短短幾個月，除了前八十回改動了15,537字，後四十回也被改了5,969字，到底是為了什麼？迄今紅學界沒有一致的看法。

有些改動是可以想像的，如石頭神話莫名其妙的加字，可能想合理化「因漏頁而消失的過場」。也有些是前後不搭的情節，必須被改動，如第二回冷子興說到「……**生了一位小姐生在大年初一**，**這就奇了**。**不想次年又生一位公子**……」程乙本改為「過了十幾年後……」因為這樣改寫，元妃才能省親時描述與寶玉「其名分雖係姐弟，其情形有如母子。」馮其庸依據庚辰本校《紅樓夢》都不得不把「次年」改為「後來」。奇怪的卻是，程乙本非常注意原著中年歲不對的瑕疵，連二十二回史湘雲一句「林妹妹」都改成「林姐姐」，自己續書時卻犯了極大的錯誤。

第八十六回寫元妃生於甲申年，到第九十五回寫元妃薨逝於甲寅年時，卻寫下了「存年四十三歲」這麼錯得離譜的一句話。

紅學家凡略知干支曆者都已質疑過，甲申到甲寅之間沒有四十三年，元妃應是只活了三十一歲。張愛玲看到續書描述她原以為年輕美豔的貴妃，竟變成了中年胖婦，認為「寫她四十三歲死，已經有人指出她三十八歲才立為妃。冊立後『聖眷隆重，身體發福』中風而死，是續書一貫的『殺風景』，卻是任何續《紅樓夢》的人再也編造不出來的，確是像知道曹家這位福晉的歲數。他是否太熟悉曹家的事，寫到這裡就像衝口而出，照實寫下四十三歲？」

當時曹家相關的資料尚未大量發掘，張愛玲誤認曹家王妃只活了四十三歲。高陽〈曹雪芹以元妃影射平郡王福彭考〉文，認為曹家王妃的長子，生於戊子年死於戊辰年，活了四十一歲的福彭，才是元妃的原型。

程本這個錯誤確實弔詭，竟然甲、乙兩版都沒改，雖說只要改成三十一歲即可，卻又無法符合活了四十三歲元妃的八字，確實是不太好改。還是故意不改，留給讀者來猜。

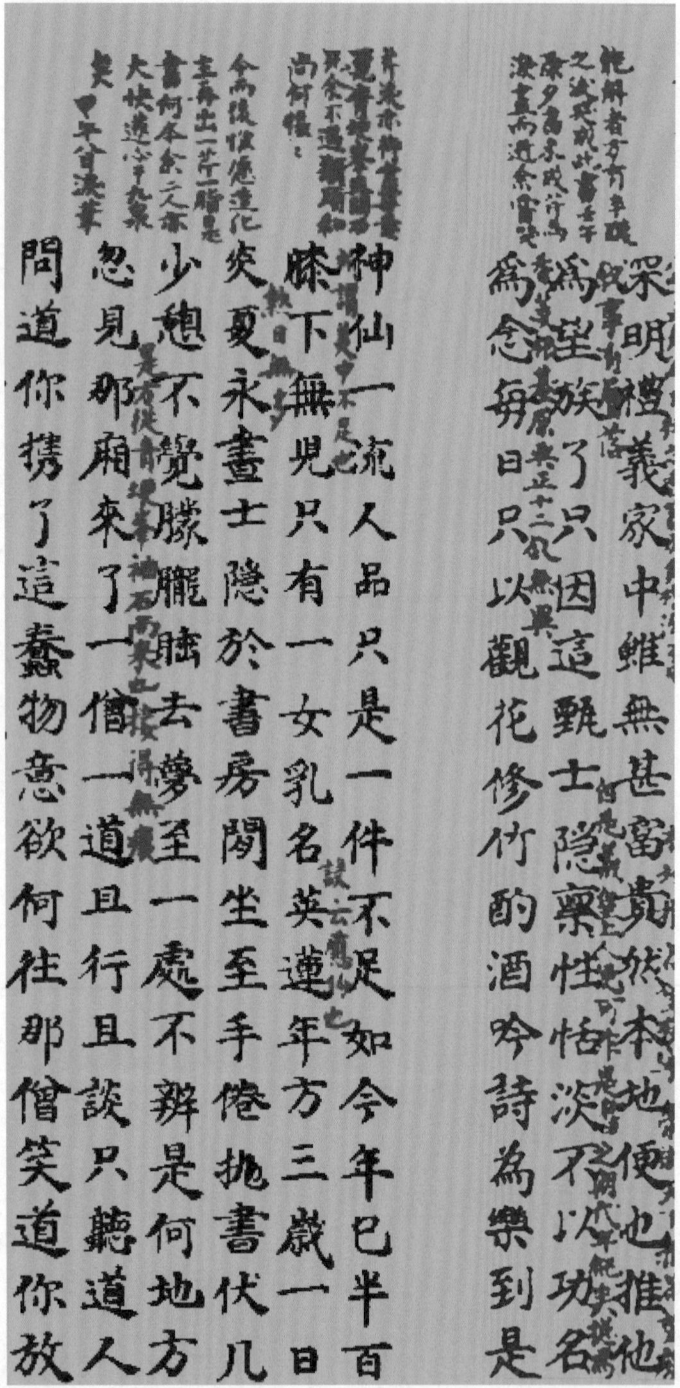

能解者方有辛酸之淚哭成此書壬午除夕書未成芹為淚盡而逝余嘗哭芹淚亦待盡每意覓青埂峰再問石兄余不遇癩頭和尚何悵悵今而後惟願造化主再出一芹一脂是書何本余二人亦大快遂心于九泉矣甲午八日淚筆

深明禮義家中雖無甚富貴然本地便也推他
爲望族了只因這甄士隱禀性恬淡不以功名
爲念每日只以觀花修竹酌酒吟詩為樂到是
神仙一流人品只是一件不足如今年已半百
膝下無兒只有一女乳名英蓮年方三歲一日
炎夏永晝士隱於書房閒坐至手倦拋書伏几
少憩不覺朦朧睡去夢至一處不辨是何地方
忽見那廂來了一僧一道且行且談只聽道人
問道你携了這蠢物意欲何往那僧笑道你放

甲戌本上最重要的脂批，顯示壬午除夕（乾隆廿七年）曹雪芹去世。

第三講

甲戌本

乾隆甲戌脂硯齋重評石頭記

新月

「它那纖弱的一彎分明暗示著，懷抱著未來的圓滿。」正是甲戌本的寫照。

新月書局出版書籍上的印記，此一時期歐美正風行 art deco。

胡適（1891-1962）哥倫比亞大學哲學博士，諸多領域都有深入的研究，對新紅學考證有引領貢獻。

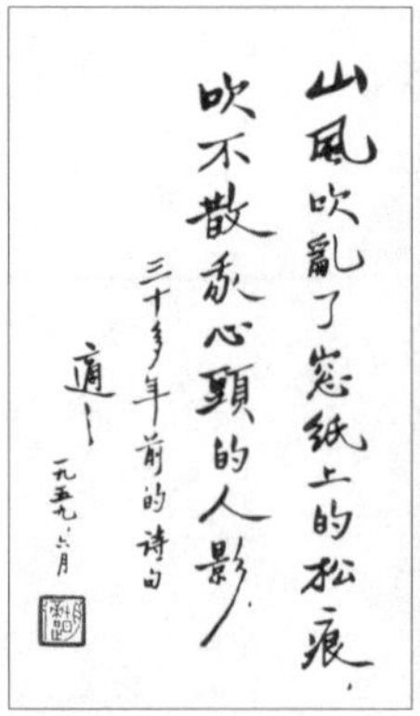

山風吹亂了窗紙上的松痕，
吹不散我心頭的人影。
三十多年前的詩句
適之
一九五九．六月

胡適所寫新詩，由胡適紀念館做成書籤。

新月社在北平時期的成員，包括林徽因。

胡適、徐志摩、林徽因等人民國十二年在北京結社，徐志摩以泰戈爾《新月集》命名此社為新月社，旨意新月「它那纖弱的一彎分明暗示著，懷抱著未來的圓滿。」不久聚集由餐會轉型為詩社，新月派以新詩聞名，胡適寫過「山風吹亂窗紙上的松痕，吹不散我心頭的人影。」

新月社一度因成員出國及四散而式微，一直到民國十六年春南遷上海，並籌辦書店及出版雜誌又繼續活躍。剛由美國得到博士回國的胡適，接到一封署胡星垣五月廿二日的簡短來信：

茲啓者：敝處有舊藏原抄脂硯齋批紅樓，惟祇十六回，計四大本。因聞先生最喜《紅樓夢》為此函詢，如合尊意祈示知，當將原書送聞。叩請適之先生道安。

胡適回憶這段往事「我以為重評的《石頭記》大概是沒有價值的，所以當時竟沒有回信。不久，新月書店的廣告出來了，藏書的人把此書送到店裡來，轉交給我看。我看了一遍，深信此本是海內最古的《石頭記》抄本，就出重價把此書買了。」此一抄本及後來紅學界所稱的甲戌本。

甲戌本胡適除會借給周汝昌近一年外，當時研究《紅樓夢》的俞平伯等人都看過，也有些相關文字發表。一九六一年五月，臺北商務印書館影印了五百套，再版過兩次，目前已有多種印本。

胡適一九四八年離開北平赴美時，將一百餘箱藏書及一萬五千件檔案文稿全部抛下，隨身只帶了他父親詩文清抄本和甲戌本。胡適死後甲戌本存康乃爾大學圖書館，據悉近年由上海博物館重金購回，現存於上博。

沒有新月書店可能胡適就買不成甲戌本，如果甲戌本是落入其他藏書者的手中，而不是喜歡考證研究的胡適，紅學的奧妙就在某個藏書齋中繼續沉睡，直到子孫再度出售，或被蟲蠹蛀蝕一空。

紅學因為甲戌本的新月因緣，的確從纖弱的一彎到滿圓。而新月社本身，因大將徐志摩一九三一年十一月墜機身亡到一九三三年六月雜誌停刊、書店為商務印書館接收，新月社宣告解散。

想來真如張愛玲《傾城之戀》的名句，白流蘇想到「香港的陷落成全了她」；而新月的十年，竟是為了成全甲戌本的登場嗎？

風雅父子

劉位坦、劉銓福父子
收藏無數珍貴宋版書，
卻因鼓擔上買來的《石頭記》殘抄本留名。

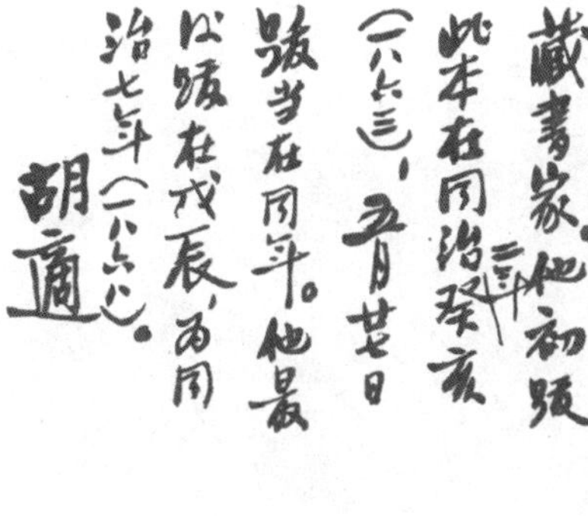
大興劉銓福，字子重，是北京藏書家。他初跋此本在同治二年癸亥（一八六三），五月廿日跋當在同年。他最以跋在戊辰，為同治七年（一八六八）。
胡適

胡適在甲戌本上為劉銓福所做的小註。

甲戌本收藏家劉銓福蓋在書上的印章，包括磚祖齋印。

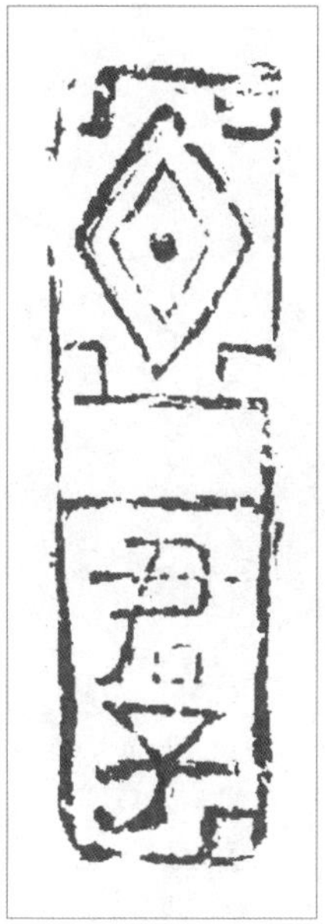

劉家藏書樓稱君子館磚館，因藏有原河北河間君子館磚而得名，甲戌本有磚祖齋印即指此。

胡適之前，甲戌本曾為劉位坦、劉銓福父子收藏。劉位坦生於一七九九年前後，道光五年拔貢，咸豐元年由御史任湖南辰州府知府。其子劉銓福字子重，約生於一八一八年，官做到刑部主事。

父子二人都是收藏家，而收藏甲戌本的因緣，潘重規引王秉恩日記「聞此稿僅半部，大興劉寬夫位坦得之京中打鼓擔中，後半部重價購之，不可得矣。」

劉銓福也說過他家所藏《石頭記》惜止存八卷。劉家藏書極豐，專為藏書家立詩的葉昌熾，曾在劉家目睹極其珍貴《月老新書》宋刻本，宋版書不但刻工精、版型美、字大如錢，最為藏書家所喜好。他為劉氏父子寫詩：「河間君子館磚館，廠肆孫公園後園。月老新書紫雲韻，長歌聊為續梅村。」

甲戌本十三回首蓋有一方「磚祖齋」印，源自劉家「君子館磚館」藏書處，此命名因劉位坦得到一塊來自河間王劉德君子館的漢磚。君子館是西漢學宮，因毛萇講授《詩經》聞名，齊、魯、韓、毛四家《詩經》僅《毛詩》因在學宮講授得以流傳。

劉銓福在甲戌本上共鈐八方印，胡適影本所附〈春雨樓藏書圖〉上有「大興劉銓福家世守印」其印為同時代名家趙之謙所篆，趙之謙亦刻過「子重」、「劉銓福」等印，可惜這些名印均未蓋在甲戌本上。

劉家宅第曾為明末名士孫承澤宣武門外舊宅，在琉璃廠附近。原孫宅甚大，藏書處稱萬卷樓，花園林木亭榭且有戲臺，當時北京南城鮮有庭園大宅，後來地名成為孫公園。

同治十年李鴻章用孫宅一部分，建了多達數百房間的安徽會館。胡適文中提及民國時代，劉家子孫仍守舊宅，只是藏書已星散。

劉位坦怎麼也沒想過，讓他家留名的既不是君子館的漢磚，也不是宋版善本，竟是鼓擔上買來的《石頭記》殘抄本。

胡適看甲戌本

胡適對甲戌本的考證，豐富了《紅樓夢》的內涵，更開啓了紅學研究的新紀元。

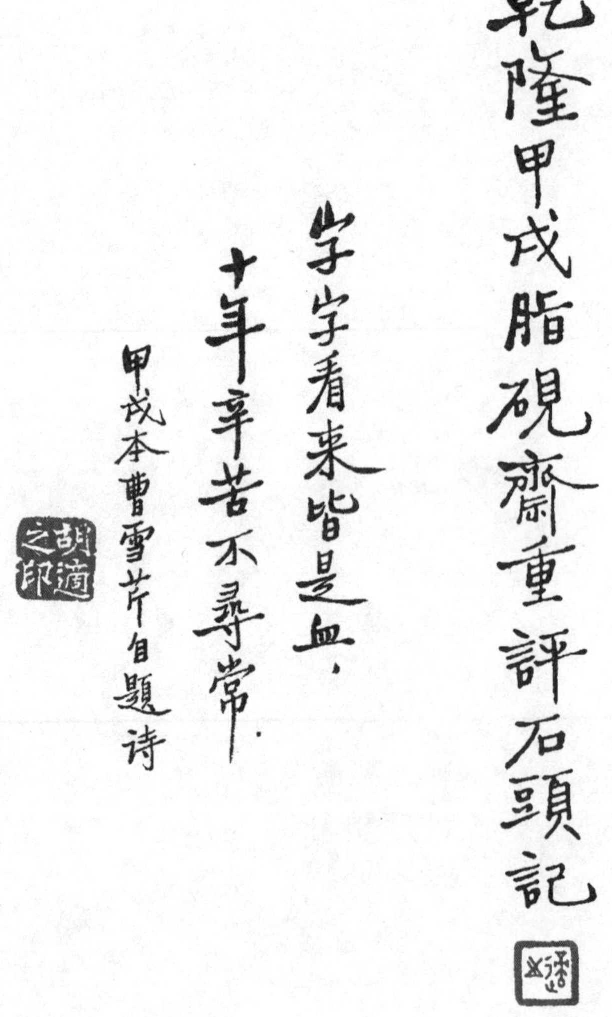
乾隆甲戌脂硯齋重評石頭記
字字看來皆是血，
十年辛苦不尋常.
甲戌本曹雪芹自題诗
胡適之印

劉銓福與一般藏書家一樣，他在甲戌本上鈐印題跋，並將抄本與好友共賞，其友人孫桐生就以墨筆加了三十多條批註。孫批略以「賈政為明珠，則寶玉為納蘭容若。」雖他曾在湖南刻《紅樓夢》但見解平平。

胡適以重金購得甲戌本後深入研究，確實與過去的藏書者不同。第一回甲戌本獨有石頭與僧道的對話，他以墨筆加註「以下四百二十四字，戚本作『席地而坐，長談，見』七字。」他並無推測為何少了這麼四百多個字。

「至脂硯齋甲戌抄閱再評仍用石頭記」這一句下，胡適註「以下十五字，戚本無。」當時他據以命名此殘抄本，為《乾隆甲戌脂硯齋重評石頭記》紅學界稱甲戌本。

干支紀年甲戌是乾隆十九年，但抄本上有評語署年甲戌後，可見此本並非原本，而是以原本為底本的過錄本，才會陸續加上甲戌年後的評語。

甲戌本雖只殘存了不全然連續的十六回，其中第四回末還缺下半頁、第十三回上半頁缺左下角，卻仍有不少寶貴的資訊。胡適得到甲戌本後不久，發表〈考證紅樓夢的新材料〉長文，指出：甲戌本子是世間最古的《紅樓夢》寫本，可以考知最初稿本的狀態。其第一回前〈凡例〉及「字字看來皆是血，十年辛苦不尋常。」詩句都是其他各本所無。批註中還有極重要的資料，包括曹雪芹卒於壬午年、第十三回回目原為〈秦可卿淫喪天香樓〉及其他一些批語，不但透露作者原構思結局，也證明與現存四十回不同，胡適認為此為後續四十回中，並無雪芹原殘稿本的根據。

胡適考紅過程中也有不少錯誤，因甲戌本缺回，最早他以為曹雪芹是跳著回數寫《紅樓夢》的。一直到他去世前，胡適仍認為到乾隆甲戌年止，定稿的《紅樓夢》只有這十六回，其餘八十回都是未定稿或待改寫。

甲戌本的發現與胡適的考證，促使其他珍貴抄本如庚辰本、己卯本漸次現身，豐富了《紅樓夢》的內涵，更開啓了紅學研究的新紀元。

三大抄本 甲戌本 己卯本 庚辰本

研究《紅樓夢》抄本始於胡適取得甲戌本後，甲戌本及陸續出現的己卯本與庚辰本，並列為最重要的三大抄本。雖然這些抄本只是原抄本的過錄本，還可能加了過錄當時的新批，在原抄本或曹雪芹的原稿未發現前，這些抄本仍是重要的資訊。三個抄本的完整程度差異極大，甲戌本僅存十六回，庚辰本雖存有七十八回，但缺六十四及六十七兩回。己卯本最複雜，是不全然完整的四十三回。

這些名稱來自書中字句，己卯本因第三卷目錄書名下注「己卯冬月定本」得名，庚辰本則第五至第八冊，目錄書名下注「庚辰秋月定本」得名。曾有紅學家反對如此命名，但愈改愈複雜，卻也找不出更妥當的方式，目前仍以此三個名稱最通用。

甲戌、己卯、庚辰分別代表乾隆十九、廿四、廿五這三年，若如甲戌本第一回脂批曹雪芹逝於乾隆廿七年壬午為確，壬午年為庚辰後的兩年，經由這些前後相關年代，可一窺成書的過程。

馮其庸認為己卯冬月，第卅一至四十回已確定，而次年庚辰秋月四十到八十回完成，作者去世前亦不會再就故事的結構增刪。如果此一推論接近事實，甲戌本缺九到十二這四回，當係改完天香樓事，尚未改此四回而缺回。而庚辰秋到曹雪芹去世兩年多的時間中，作者極可能回頭改寫此四回，為第十三回秦可卿病死，補陳一些病情。

甲戌本雖只殘存十六回，卻是回回都有批註，朱淡文《紅樓夢論源》中統計多達一千六百餘條。雖不全然出自脂硯齋，但數量最多。己卯本只有以雙行小字夾寫在正文下，為數不多的夾批。庚辰本雖存七十八回，共兩千餘條批語，每回平均遠不及甲戌本。

甲戌本大量的脂批，成為研究《紅樓夢》不可缺少的資訊。更由於庚辰本第一至十一回內全無批註，使甲戌本這幾回的批註更為珍貴。甲戌本第一至五回，極可能是《紅樓夢》第五次的增刪後，定調的全書綱目。其中第一回由甄士隱詮釋〈好了歌〉的一段文字，及第五回十二金釵的讖詩，都被認為暗示了全書未來的結局。

抄本迄今已發現約十種，除三大抄本外，較重要的還有甲辰本、舒序本、戚序本、楊藏本、列藏本、王府本及鄭藏本。

甲戌本上獨有的凡例。

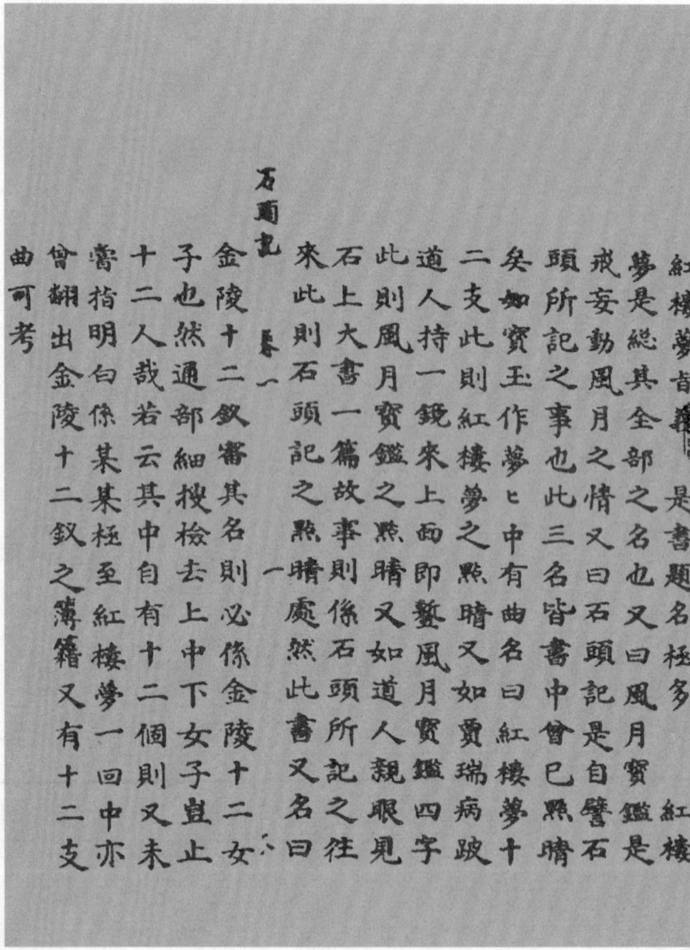

脂硯齋重評石頭記

凡例

紅樓夢旨義 是書題名極多 紅樓夢是總其全部之名也又曰風月寶鑑是戒妄動風月之情又曰石頭記是自譬石頭所記之事也此三名皆書中曾已點睛矣如寶玉作夢夢中有曲名曰紅樓夢十二支此則紅樓夢之點睛又如賈瑞病跛道人持一鏡來上面即鏨風月寶鑑四字此則風月寶鑑之點睛又如道人親眼見石上大書一篇故事則係石頭所記之往來此則石頭記之點睛處然此書又名曰

石頭記 卷一 一

金陵十二釵審其名則必係金陵十二女子也然通部細搜檢去上中下女子豈止十二人哉若云其中自有十二個則又未嘗指明白係某某極至紅樓夢一回中亦曾翻出金陵十二釵之簿籍又有十二支曲可考

己卯本關鍵的第三卷目錄。

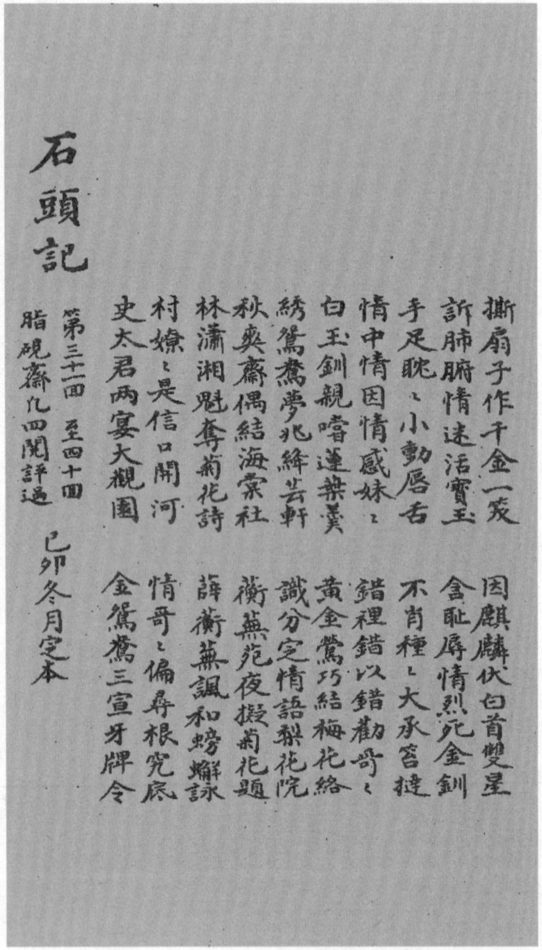

石頭記

第三十一回 至四十回

脂硯齋凡四閱評過

己卯冬月定本

撕扇子作千金一笑 因麒麟伏白首雙星

訴肺腑情迷活寶玉 含恥辱情烈死金釧

手足眈眈小動唇舌 不肖種種大承笞撻

情中情因情感妹妹 錯裡錯以錯勸哥哥

白玉釧親嘗蓮葉羹 黃金鶯巧結梅花絡

綉鴛鴦夢兆絳芸軒 識分定情悟梨香院

秋爽齋偶結海棠社 蘅蕪苑夜擬菊花題

林瀟湘魁奪菊花詩 薛蘅蕪諷和螃蟹詠

村嫽嫽是信口開河 情哥哥偏尋根究底

史太君兩宴大觀園 金鴛鴦三宣牙牌令

署己卯冬評語的庚辰本。

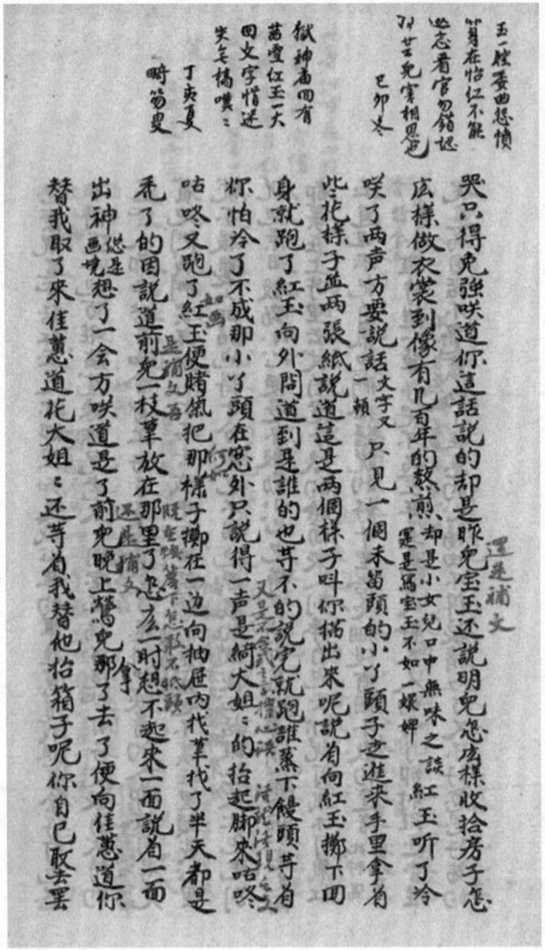

玉一腔委曲怨憤係在怡紅不能遂志看官勿錯認為芸兒害相思也 己卯冬

獄神廟回有茜雪紅玉一大回文字惜迷失無稿嘆嘆 丁亥夏 畸笏叟

哭只得免強咲道你這話說的却是昨兒宝玉还說明兒怎麼樣收拾房子怎麼樣做衣裳到像有几百年的熬煎（却是小女兒口中無味之談 寔是寫宝玉不如一婢）紅玉听了冷咲了兩声方要說話（文字又一頓）只見一個未留頭的小丫頭子走進來手里拿着些花樣子並兩張紙說道這是兩個樣子叫你描出來呢說着向紅玉擲下回身就跑了紅玉向外問道到是誰的也等不的說完就跑誰蒸下饅頭等着你怕冷了不成那小丫頭在窗外只說得一声是綺大姐姐的抬起脚來咕咚咕咚又跑了紅玉便賭氣把那樣子擲在一边向抽屉內找筆找了半天都是禿了的因說道前兒一枝新筆放在那里了怎麼一時想不起來一面說着一面出神（總是畫境）想了一会方咲道是了前兒晚上鶯兒拿了去了便向佳蕙道你替我取了來佳蕙道花大姐姐还等着我替他抬箱子呢你自己取去罢

這是補文

甲戌本凡例

凡例是書前一段說明著作內容，及編纂體例的文字。

《紅樓夢》僅甲戌本留存凡例列為卷一，共四百餘字兩頁半。凡例首面原鈐「劉銓福子重印」、「子重」及「髣眉」三印。

第一則凡例提及《紅樓夢》書名極多，並指出各書名，書中都有點睛說明之處。

第二則主要說明只寫「長安、中京」而避寫東、南、西、北。

第三、四則的立意與前則同，說明「此書只是著意於閨中、此書不敢干涉朝政。」至於第五則似作者自敘，庚辰本等將其納入第一回內文。

胡適認為此凡例是曹雪芹所寫，書中寫的是北京，而他心裡要寫的是金陵：金陵是事實所在，而北京只是文學的背景。胡適認為賈元春本無其人，省親也無其事，大觀園也不過是雪芹秦淮殘夢的一境而已。

馮其庸則認為凡例是乾隆末年程甲本排印前，抄錄者自擬，一至四則缺少貫串思想，似拼湊成文，且文字和內容上不斷反覆。至於第五則，與庚辰本第一回前文字比較兩者雖幾乎相同，以庚辰本文字較優。

甲戌本第五則後還有一首其他各本均無的七言律詩：

浮生著甚苦奔忙，盛席華筵終散場。
悲喜千般同幻渺，古今一夢盡荒唐。
謾言紅袖啼痕重，更有情痴抱恨長。
字字看來皆是血，十年辛苦不尋常。

這首詩時時被提起，尤其是結尾兩句，胡適名以「甲戌本曹雪芹自題詩」寫在頁首。但馮大師卻不欣賞此詩，他認為水準差第一回另一首詩甚多：

滿紙荒唐言，一把辛酸淚。
都云作者痴，誰解其中味。

兩首詩的優劣是否立見？

至於第五則凡例，內容應是全書前言，而不是不全然榫接第一回的前文。這段文字是作者說明自己的人生及為何會撰寫此書的歷程，對研讀《紅樓夢》非常重要。其中較為重要的幾段文字為：

今風塵碌碌，一事無成，忽念及當日所有之女子，一一細考較去，覺其行止見識，皆出於我之上。何我堂堂鬚眉，誠不若彼裙釵哉？實愧則有餘，悔又無益之大無可如何之日也。當此，則自欲將已往所賴天恩祖德，錦衣紈絝之時，飫甘饜肥之日，背父兄教育之恩，負師友規訓之德，以至今日一技無成、半生潦倒之罪，編述一集，以告天下人。雖今日之茅椽蓬牖、瓦灶繩床，其晨夕風露階柳庭花，亦未有妨我之襟懷筆墨者。

作者寫書時應已有一定的年歲，但一事無成。寫書的原因是想起當日的一些女子，她們的行止見識不讓鬚眉，讓作者非常愧悔，作者家世是承祖蔭皇恩的輝煌過去，在潦倒的後半生，寫了這本似是懺悔錄的書。與曹雪芹友人描述他晚年的生活「舉家食粥酒常賒」相符。

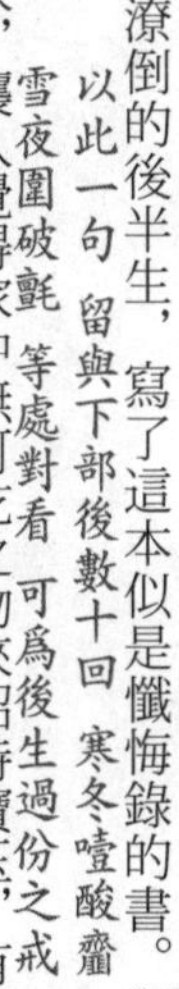

書中第十九回描寫，寶玉元宵後突然到回家吃年茶的襲人家，襲人覺得家中無可吃之物來招待寶玉，有脂批「以此一句，留與下部後數十回『寒冬噎酸齏，雪夜圍破氈。』等處對看，可為後生過分之戒……」作者安排寶玉的結局，晚年是生活在貧困的環境中，認為這樣前後極端的對比，有醒世的作用。

作者在極困苦的生活環境中，一樣沒有影響到他寫作的壯志胸襟，曹雪芹確實到病逝前，仍不懈地增刪改寫，力求完美。

甲戌本第一回〈好了歌〉，及甄士隱的〈好了歌注〉及脂批，是全書結局的預告。

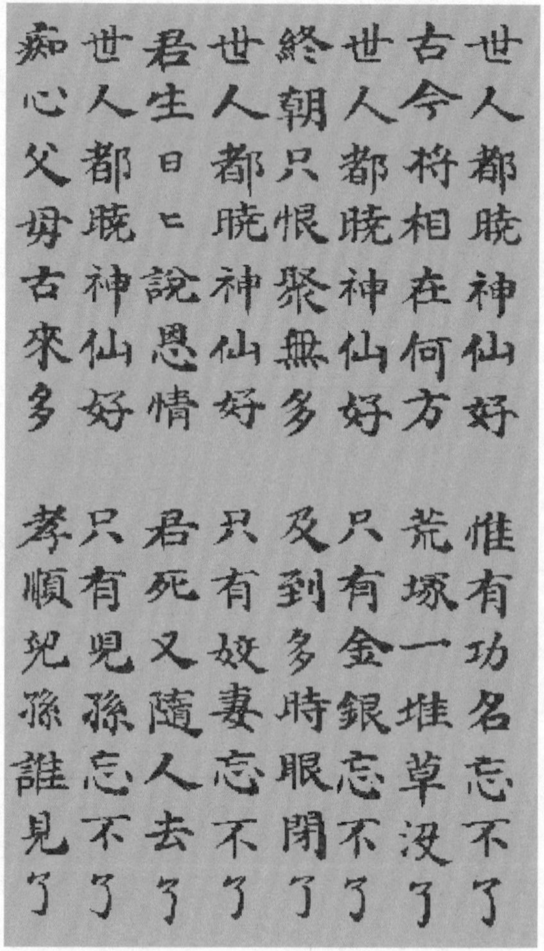
世人都曉神仙好　惟有功名忘不了
古今將相在何方　荒塚一堆草沒了
世人都曉神仙好　只有金銀忘不了
終朝只恨聚無多　及到多時眼閉了
世人都曉神仙好　只有姣妻忘不了
君生日日說恩情　君死又隨人去了
世人都曉神仙好　只有兒孫忘不了
痴心父母古來多　孝順兒孫誰見了

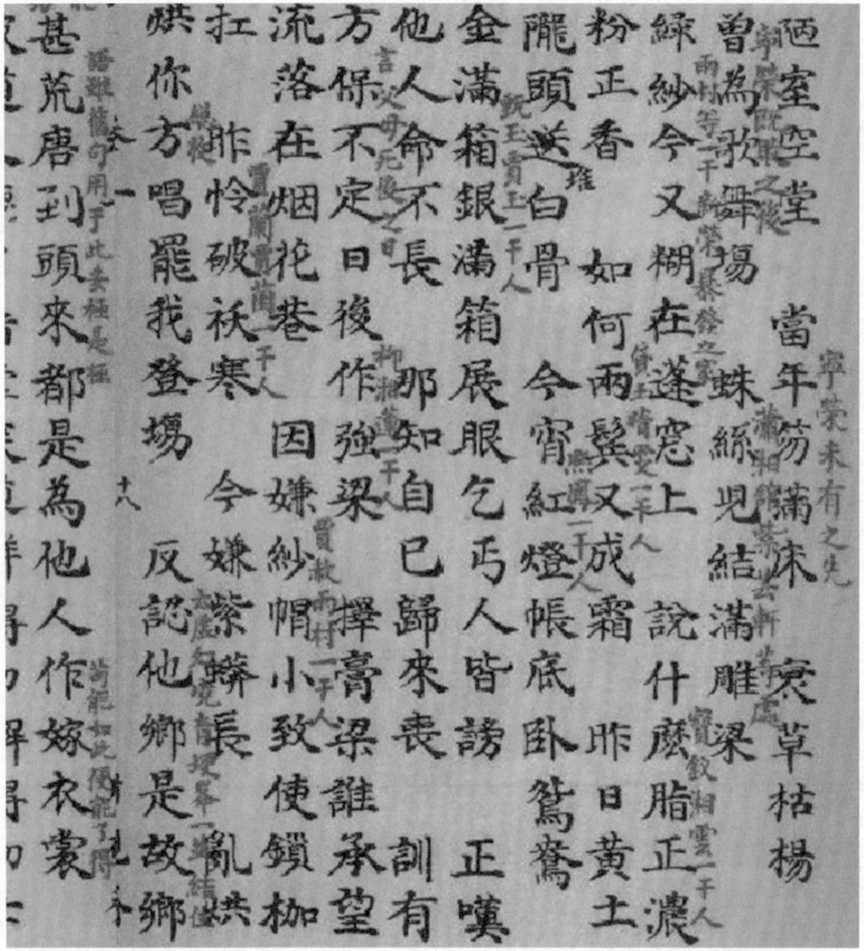
陋室空堂　當年笏滿床　衰草枯楊
曾為歌舞場　蛛絲兒結滿雕梁
綠紗今又糊在蓬窗上　說什麽脂正濃
粉正香　如何兩鬢又成霜　昨日黃土
隴頭送白骨　今宵紅燈帳底臥鴛鴦
金滿箱銀滿箱　展眼乞丐人皆謗　正嘆
他人命不長　那知自己歸來喪　訓有
方保不定日後作強梁　擇膏梁誰承望
流落在烟花巷　因嫌紗帽小致使鎖枷
扛　昨憐破襖寒　今嫌紫蟒長　亂烘
烘你方唱罷我登場　反認他鄉是故鄉
甚荒唐到頭來都是為他人作嫁衣裳

甄士隱釋〈好了歌〉

全書唯一未被罵的，
只有反映了作者後半生潦倒的甄士隱一人。
「因嫌紗帽小，致使鎖枷扛。」
說的似是曹頫。

凡例中作者自述「茅椽蓬牖、瓦灶繩床」後半生的潦倒，這樣心境真實深刻地反映在只出場了一回的甄士隱身上。

第一回一開始，士隱歷經了女兒被拐、房舍被燒、寄居岳父家不但錢被騙光，還要每日被嫌「上年驚唬，急忿怨痛，已有積傷，暮年之人，貧病交攻，竟漸漸的露出那下世的光景來。」

甄士隱在這樣的心境中，再次遇到曾與他在夢中相見過的跛足瘋道，口中念著有名的〈好了歌〉，士隱聽出些「好了、好了！」道士誇他：「**你若果聽見好了二字，算你明白。可知世上萬般，好便是了，了便是好。若不了，便不好，若要好，須是了。**」

士隱本是有宿慧的，一聞此言心中早已徹悟，笑道「且住！待我將你這〈好了歌〉解注出來何如？」瘋跛道人聽了他所釋，拍掌笑道「**解得切！解得切！**」士隱便笑一聲「走罷！」竟不回家，同了瘋道人飄飄而去。

這段甄士隱的釋文可算是全書總綱：

陋室空堂，當年笏滿床，寧榮未有之先
衰草枯楊，曾為歌舞場。寧榮既敗之後
蛛絲兒結滿雕梁，瀟湘館紫芸軒等處
綠紗今又糊在蓬窗上。雨村等一干新榮暴發之家
說什麼脂正濃、粉正香，寶釵、湘雲一干人
如何兩鬢又成霜？黛玉、晴雯一干人
昨日黃土隴頭送白骨，今宵紅燈帳底臥鴛鴦。熙鳳一干人
金滿箱，銀滿箱，展眼乞丐人皆謗。甄玉賈玉一干人
正嘆他人命不長，哪知自己歸來喪！言父母死後之日
訓有方，保不定日後作強梁。柳湘蓮一干人
擇膏粱，誰承望流落在煙花巷！
因嫌紗帽小，致使鎖枷扛。賈赦雨村一干人
昨憐破襖寒，今嫌紫蟒長。賈蘭賈菌一干人
亂烘烘你方唱罷我登場，總收
反認他鄉是故鄉。太虛幻境青埂峰一並結住
甚荒唐，語雖舊句用於此妥極是極
到頭來都是為他人作嫁衣裳！苟能如此便能了得

甄士隱隨道人去後，再也沒有重新登場。

甲戌本揭露天香樓事的第十三回。

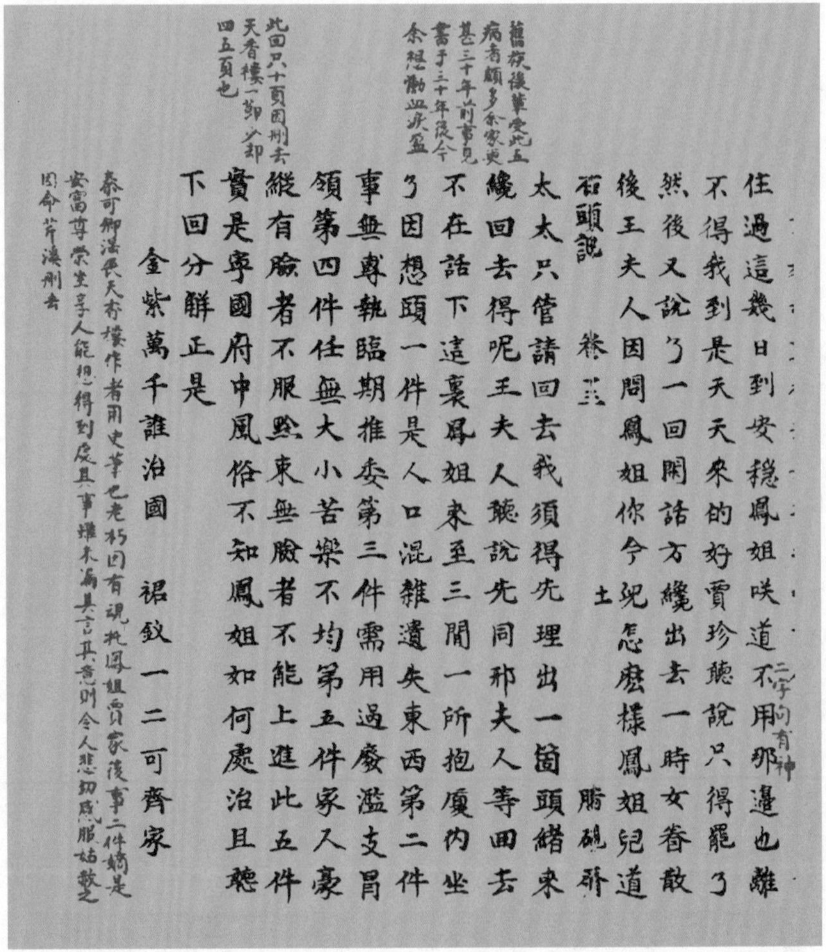
舊族後輩受此五病者頗多余家更甚三十年前事見書于三十年後令余想慟血淚盈

此回只十頁因刪去天香樓一節少卻四五頁也

住過這幾日到安穩鳳姐咲道不用那邊也離
不得我到是天天來的好賈珍聽說只得罷了
然後又說了一回閑話方纔出去一時女眷散
後王夫人因問鳳姐你今兒怎麽樣鳳姐兒道
石頭記　卷十三　脂硯齋
太太只管請回去我須得先理出一箇頭緒來
纔回去得呢王夫人聽說先同邢夫人等回去
不在話下這裏鳳姐來至三間一所抱廈內坐
了因想頭一件是人口混雜遺失東西第二件
事無專執臨期推委第三件需用過費濫支冒
領第四件任無大小苦樂不均第五件家人豪
縱有臉者不服黔束無臉者不能上進此五件
實是寧國府中風俗不知鳳姐如何處治且聽
下回分解正是
金紫萬千誰治國　裙釵一二可齊家

秦可卿淫喪天香樓作者用史筆也老朽因有魂托鳳姐賈家後事二件嫡是安富尊榮坐享人能想得到處其事雖未漏其言其意則令人悲切感服姑赦之因命芹溪刪去

甲戌本第五回十二金釵讖詩上脂批的冷淡，似是批書者只覺得這些讖語類似〈推背圖〉，但並未透露內涵。

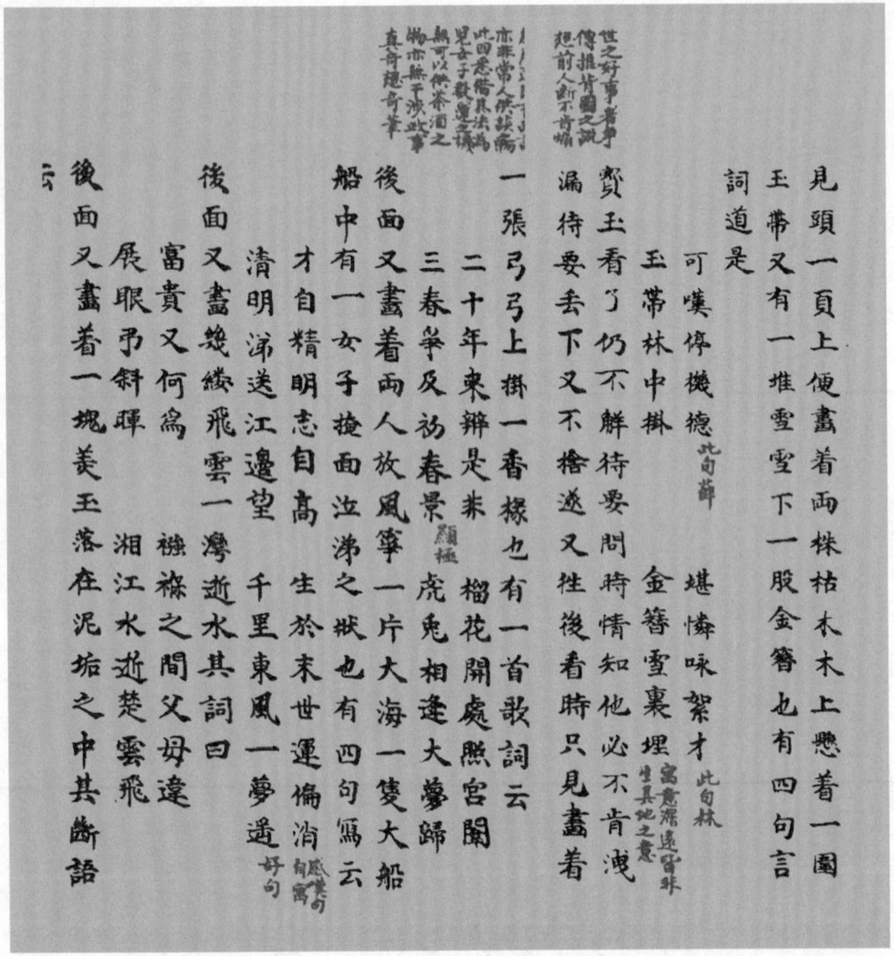
世之好事者爭傳推背圖之說想前人斷不肯煽

亦非常人供談之物此回悉借其法為兒女子數運之機無可以供茶酒之物亦無干涉政事真奇想奇筆

見頭一頁上便畫着兩株枯木木上懸着一圍
玉帶又有一堆雪雪下一股金簪也有四句言
詞道是
可嘆停機德此句薛　堪憐咏絮才此句林
玉帶林中掛　金簪雪裏埋寓意深遠皆非生其地之意
寶玉看了仍不解待要問時情知他必不肯洩
漏待要丟下又不捨遂又往後看時只見畫着
一張弓弓上掛一香櫞也有一首歌詞云
二十年來辨是非　榴花開處照宮闈
三春爭及初春景顯極　虎兕相逢大夢歸
後面又畫着兩人放風箏一片大海一隻大船
船中有一女子掩面泣涕之狀也有四句寫云
才自精明志自高　生於末世運偏消感嘆句自寓
清明涕送江邊望　千里東風一夢遙好句
後面又畫幾縷飛雲一灣逝水其詞曰
富貴又何為　襁褓之間父母違
展眼弔斜暉　湘江水逝楚雲飛
後面又畫着一塊美玉落在泥垢之中其斷語

脂批中罕見的冷淡

脂硯齋不喜歡《金陵十二釵》的書名，
對描述這些女子未來的詩畫曲，
亦反應冷淡，甲戌再評又把書名改回《石頭記》。

第五回十二金釵識詩林黛玉及薛寶釵合一詩圖，又共用兩首〈紅樓夢曲〉，顯示作者並無左釵右黛的偏見。兩圖均為改琦所繪。

甲戌本雖僅存十六回，卻有一千六百餘條脂批，平均每回有近百條批語。十二金釵冊頁登場的第五回，雖有一三七條脂批，但預測這些重要女性命運籍冊的畫、詩、曲等，脂批卻呈現了罕見的冷淡。

脂硯齋重評此書時，發現在新增刪的第五回中，十二金釵的人選有了重大改變。根據俞平伯研究，賈元春、妙玉、賈巧姐及秦可卿替換了薛寶琴、邢岫煙、李紋及李綺。下場的四人是綺年玉貌大才女，上場的竟有嬰兒，這個改變是有點莫名其妙。

換上大觀園創立的核心人物賈元春不說，但妙玉是出家人，只占了全書一千多字的篇幅，巧姐不但是個嬰兒，沒有被寫到任何重要，甚而是不重要的故事篇幅中，而秦可卿早早去世，憑什麼換成這十二個人？為何以現在這樣順序出場，排序的背後又有何深層意義，較之他各回中，脂硯齋一貫權威似深知全書內幕式的評語，這次一個字都沒提示。

脂硯齋除評批冷淡外，評句更是出奇地簡陋。最重要女主角釵黛二人的合詩，脂批對兩人只有「此句薛」及「此句林」各三字，並告知讀者後兩句詩「玉帶林中掛，金釵雪裡埋。」的「寓意深遠皆非生其地之意。」

此句薛　此句林

寓意深遠皆非生其地之意

全書第一大謎，王熙鳳判詞的「一從二令三人木」句，迄今想解此謎的討論文章已超過幾萬字，脂批僅「拆字法」三字。對其他重要的的畫、詩、曲，也只有「顯極」及三個「好句」批語，這些批語實在不夠到位，說了好似沒說什麼。

拆字法

顯極　好句

極可能脂硯齋也弄不清楚，新增刪完成的第五回中，作者輾轉用力地描繪及暗示十二金釵，甚而改以《金陵十二釵》為書名，究竟想表達什麼？脂硯與作者的想法顯見還未充分溝通，導致他在甲戌年再評了《金陵十二釵》把書名改回了最早的《石頭記》。

甲戌本在這些神祕的畫、詩、曲上，有一條奇怪的眉批「世之好事者爭傳《推背圖》之說，想前人斷不肯煽惑愚迷。即有此說亦非常人供談之物。此回悉借其法，為衆女子數運之機，無可以供茶酒之物，亦無干涉政事，真奇想奇筆。」

姑不論這條眉批的批者是否是脂硯，這個批書人似看出了此回悉借推背圖的寫法，而愈是想撇清絕不涉政治，當然極可能就愈是暗藏了玄機。

世之好事者爭傳　推背圖　之說　想前人斷
不肯煽惑愚迷　即有此說亦非常人供談之物　此回悉
借其法　爲衆女子數運之機　無可以供茶酒之物
亦無干涉政事　眞奇想奇筆

天香樓事

曹雪芹奉命增刪改寫天香樓事時，恐怕沒想到會是兩百多年後，紅學最大的爭議之一。

秦可卿位居十二金釵之末，並在第十三回去世，卻是近代引起甚大爭議的紅樓人物。

甲戌本沒有出現前，許多人都看不懂秦可卿的死亡事件。第十到十三回間，明明寫她是重病而死的，為何第五回十二金釵正冊中畫的卻是「有一美人懸梁自縊」呢？

她的詩及曲也一樣可疑，作者以孝順、慈愛、和睦形容家人眼中的她，詩以「**情既相逢必主淫**」之句，曲更沒一句好話「**擅風情秉月貌，便是敗家的根本。箕裘頹墮皆從敬，家事消亡首罪寧。宿孽總因情。**」

一九二二年俞平伯寫了〈論秦可卿之死〉一文，他歸納書中一些證據，認為秦可卿可能與公公賈珍私通，被丫鬟撞見後羞憤自縊而死。他以為第十三回形容死訊傳出「**彼時闔家皆知，無不納罕，都有些疑心。**」後事已備久病之人，其死乃在意中，有何悶可納？又有何疑？加上秦氏死後的種種不合理的光景，如寶玉聽到秦氏死訊，竟然直噴出一口血來。婆婆尤氏犯胃痛舊疾睡在床上，公公賈珍之哀毀逾恆如喪考妣，備辦喪禮之隆重奢華違反常理。而秦可卿的丈夫賈蓉似沒事人，在喪禮上幾乎沒有露面。另外，丫鬟瑞珠觸柱而亡，另一丫鬟寶珠成為義女為可卿披麻帶孝，卻留鐵檻寺守靈不再回家，無處不令人生疑。

甲戌本的出現，解了天香樓事的大謎。「**無不納罕都有些疑心**」句上有脂批「九個字寫盡天香樓事，是不寫之寫。」回末脂批「秦可卿淫喪天香樓，作者用史筆也。老朽因……姑赦之，因命芹溪刪去。」俞平伯推測〈秦可卿淫喪天香樓〉極可能是原來第十三回的回目，所刪去的四五頁內容，大致應如他所猜測。

近年來，小說家劉心武別出心裁，以秦可卿為康熙廢太子胤礽之女，為曹家（即書中的賈家）所收養，並捲入了其兄弘皙反對乾隆的事變，自創所謂「秦學」引發爭議。因其著作《紅樓望月》等極為暢銷，使得《紅樓夢》一書又一次成為大眾關心的話題。而原本即紅樓爭議人物的秦可卿，引起了更大的爭議，這恐怕也是曹雪芹在增刪改寫天香樓事時，無法預料到的後果。

秦可卿淫喪天香樓　作者用史筆也
老朽因　姑赦之　因命芹溪刪去

觀星臺

建於一三五八年的雞鳴山觀星臺，康熙第二次南巡時，於二月廿八酉時前往，觀看老人星。

第四講 石頭

《紅樓夢》最早的名稱是《石頭記》，既是以石頭為名，石頭的意涵是重要的。書中石頭有多層的象徵意義，可以是無緣補天的采石美玉，也是曹家六十年榮華富貴所繫的南京。

石頭是否神瑛？有些版本石頭就是神瑛，轉世成為賈寶玉。甲戌本第一回多出兩頁，說明石頭是夾帶與神瑛、絳珠一起投胎，石頭不是神瑛，這樣似較符合書中多次石頭的自白。脂批亦指出這是特意借石頭未見，隱去一、二件事，全書才不平淡，是雲煙之中的無限丘壑。

十五回送秦可卿靈到鐵檻寺，王熙鳳怕通靈玉失落將石頭收到她枕邊，讀者期待賈寶玉找秦鐘算帳的好戲，竟被石頭一句「寶玉不知與秦鐘算何帳目未見真切、未曾記得，此係疑案不敢纂創。」輕輕帶過。

作者想隱藏之事是有選擇性的，這樣會給讀者更多想像的空間，只是下一回秦鐘也死了，這些玄虛更是無從知曉，這些事件可能正是《石頭記》的真髓。

石頭是旁觀者，也是敘事者，在書中是全知的。所有石頭之謎中的謎中之謎就是脂硯齋，硯由石見兩字組合，脂硯齋是夾在寶玉與衆主角間的石頭嗎？

石頭另一個象徵是石頭城南京，南京最早的名稱是金陵，書中女子的籍冊寫的就是金陵十二釵。歷史上有十朝建都於此，只是偏安南方的朝廷，面對北方強大的軍力免不了多災多難及短暫。

石頭城中的文采斑爛，王羲之、陶淵明到李後主，曹雪芹可與他們相提並論。

《石頭記》的書名最後仍為《紅樓夢》取代，有人界定脂批八十回的手抄本為《石頭記》，而一百二十回的稱《紅樓夢》。其實這樣區分也不對，因為《紅樓夢》也是很早的書名，我們只能說《紅樓夢》就是《石頭記》，而《石頭記》就是《紅樓夢》。

三生石

三生石上舊精魂傳說吸引了蘇東坡，也吸引了曹雪芹，
所謂「記憶不滅、轉世不息、
萬法之源，厥為情牽不斷……」

瞿唐與夔門。

長江三峽之一的瞿唐峽。

《石頭記》是這樣開始的：

只因西方靈河岸上三生石畔有絳珠草一株，時有赤瑕宮神瑛侍者，日以甘露灌溉，這絳珠草便得久延歲月……終日游於離恨天外，飢則食蜜青果為膳，渴飲灌愁海水為湯。只因尚未酬報灌溉之德，故其五內便鬱結著一段纏綿不盡之意……他既下世為人，我也去下世為人，但把我一生所有眼淚還他，也償還得過了。

妙所謂三生石上舊精魂也

甲戌本這段的脂批密密麻麻，三生石三字有「妙所謂三生石上舊精魂也。」所謂「三生石上舊精魂」是引用蘇軾所寫《圓澤傳》一文中的詩句，說的是前世今生的故事。唐袁郊《甘澤謠》之五《圓觀》篇，敘述唐人李源與僧圓觀為好友，兩人過瞿塘時遇到一位久不臨盆的婦人，圓觀即知自己將逝且轉世為婦人之子，死前與李源相約，十二年後在杭州天竺寺再見。

蘇軾非常喜歡這個故事而改寫，圓觀的名字改為圓澤、十二年後相見改為十三年。中秋夜李源在天竺寺見到向他唱竹枝詞的牧童，將此事記在杭州天竺寺的三生石上，是中國最動人心弦的傳奇故事之一。

牧童所歌竹枝詞當然實為蘇大學士所代擬：

三生石上舊精魂，賞月吟風不要論。
慚愧情人遠相訪，此身雖異性長存。
身前身後事茫茫，欲話因緣恐斷腸。
吳越溪山尋已遍，卻迴煙棹上瞿塘。

《石頭記》是曹雪芹又一次的改寫前世今生，轉世歷劫後的石頭，也在石上記下這段悲歡離合炎涼世態的故事，後有一偈呼應「三生石」上：

無材可去補蒼天，枉入紅塵若許年。
此係身前身後事，倩誰記去作奇傳？

這詩亦脫胎自蘇軾竹枝詞，曹雪芹對記憶轉世之謎的想像，如余國藩《重讀石頭記》所述，認為佛家以追求業障的消除與輪迴的終止為目的，以跳出記憶與感情輪轉的惡網為依歸，引用與他同為芝加哥大學教授，研究印度宗教的學者歐孚雷爾蒂（O'Flaherty）著作中對天竺佛法的詮釋「記憶不滅、轉世不息、萬法之源，厥為情牽不斷……業力推演肇乎情，轉世重生亦始乎此。」

巫峽石

曹寅詩有「媧皇采煉古所遺，廉角磨礲用不得。」之句，
是否就是《紅樓夢》補天神話的根源？

巫峽神女峰。

巫峽與瞿塘峽、西陵峽並列長江三峽，自東晉就有描述三峽奇景的文字，其中最為有名的是唐李白詩句「兩岸猿聲啼不住，輕舟已過萬重山」。

巫峽巫山均以「巫」為名，是因為這一帶自古稱巫載國，孕育許多神話，以宋玉所作〈高唐賦〉與〈神女賦〉最有名。

曹寅在康熙五十一年，編輯且刻印其詩作《楝亭詩鈔》八卷，卷八有〈巫峽石歌〉長詩。曹寅寫此詩是看到朋友囊中藏有一片巫峽石，這塊石頭色澤黝黑，斑紋燦爛，稜角殑手，讓曹寅聯想到在雲氣蕭森的巫山巫峽中，這塊石頭是不是生得太過不圓融，或許它原不屬於巫峽，是女媧補天煉彩石時，因形貌不佳而不得補天。詩中有：

……媧皇采煉古所遺，廉角磨礲用不得……

風煦日暴幾千載……頑而礦……

〈巫峽石歌〉寫於曹寅去世前數月的康熙五十年三月，赴揚州兼鹽漕察院職，此一時期曹頫隨曹寅居住。不久曹頫返京當差，這首〈巫峽石歌〉成詩的過程，曹頫應有所悉或見過巫峽石，不論曹雪芹究竟是他兒子或姪子，都不可能沒有讀過這首詩。

朱淡文以為巫峽石是《石頭記》中被女媧棄置，無才補天頑石的原型。巫山神女傳說是炎帝季女瑤姬，她未嫁就死了，封神於巫山之臺，曹雪芹所創的絳珠仙子似是瑤姬的化身，林黛玉與未嫁而亡的瑤姬命運亦同。

巫峽石因生得廉角磨礲，未能入補天之選無可埋怨，而《石頭記》中的石頭，與其他三萬六千五百塊石頭生得一模一樣，純粹因命運造化而不得補天，是更深一層的傷痛。

三生石畔的神瑛侍者是否就是未補天的頑石，是作者留下只能意會不能言傳的神祕。瞿塘峽是李源與圓澤相識處，而巫峽是巫峽石與瑤姬棲身之地，曹雪芹將女媧未及補天的巫峽石、巫山瑤姬化身為絳珠仙草，加上還淚說，再與三生石詩中瞿塘峽無懈可擊的結合在一起，成為曠世的小說。

姑蘇？金陵？

《紅樓夢》的內容，表面看上去是京城，實際上是金陵，作者還要把姑蘇寫進來，混淆視聽。

蘇州舊稱姑蘇，《紅樓夢》述說究竟是姑蘇或金陵的舊事。

石頭上的故事是這樣開始的：

當日地陷東南，這東南一隅有處曰姑蘇（是金陵）**、有城曰閶門……**

姑蘇就是蘇州，古稱吳門、吳都、平江，可遠溯到商朝末年太伯奔吳，建句吳國設都吳城。約在西元前五一四年，吳王闔閭命伍子胥在此築城，西元前四七三年吳為越國所滅，此地成為越國都城，後越為楚滅。

隋文帝開皇九年時此城始定名為蘇州，姑蘇的別稱，源自大禹封功臣胥於此地，而先有姑胥古名，再演變為姑蘇。

閶門在清朝時是水陸城門，門外有吊橋，門內就是閶門大街，乾隆年間的名畫〈姑蘇繁華圖〉與〈盛世滋生圖〉都畫出當時閶門至楓橋的十里長街盛況，證實曹雪芹所書此時閶門，最是紅塵中一二等富貴風流之地。

曹寅曾擔任短時間的蘇州織造，後來由李煦接任，一直做到被雍正抄家前，長達三十年。蘇州李家與《紅樓夢》淵源深遠，除了曹李兩家共同接駕外，曹寅、曹顒相繼亡故後，曹頫得以過繼及接任江寧織造，都仰賴李煦奏請安排。

紅學家會分析書中有不少地方使用吳語，推測作者會說蘇州話，或與蘇州有些淵源。主角林黛玉是蘇州人，甄英蓮住在閶門外十里街仁清巷當然也是蘇州人，還有十二金釵的妙玉及邢岫煙都是姑蘇人。

但甲戌本在第一回開卷「姑蘇」（是金陵）兩字旁，卻有脂批「是金陵」三字，到第五回不論林黛玉、妙玉及改名後的香菱，又都列在太虛幻境內金陵十二釵的籍冊中，屬金陵人士。她們到底是蘇州人？還是南京人？

許多紅學家都認為曹雪芹寫的內容，表面看上去是京城或姑蘇，實際上是金陵。書中如「炊水」與「臺磯」都是南京話，紅學家嚴中亦考證出江寧曹家周邊確有不少景觀寫入榮國府四周，書中不時提到「南京來的人」或「要回南京去」等等。

金陵是南京的古名，越國在公元前三三三年為楚國所滅後，楚國在此築城，當時鍾山的名稱是金陵山，即以金陵為城名。築城地點據考在今天南京清涼山一帶，也有說在四面山一帶。

秦國滅楚後改金陵邑為秣陵縣，一直到東吳孫權建都時改稱建業，後來又改為建康。而石頭城的名稱，是孫權築城後才有的。

金陵為六朝古都，今玄武湖側臺城一帶，即為六朝城址。

石頭城

諸葛亮認為金陵城「鍾山龍蟠、石頭虎踞，此帝王之宅。」

石頭城上的石頭，多種形式的文字紀錄。

朱元璋（1328-1398）於一三六八年定都南京，並在六朝殘址上新築城牆，朱棣（1360-1424）在一四〇三年遷都北京迄今，仍保存了三分之二。

《紅樓夢》第二回中賈雨村說了一段話「……**去歲我到金陵地界，因欲遊覽六朝遺跡，那日進了石頭城（點睛神妙），從他老宅門前經過。街東是寧國府，街西是榮國府，兩宅相連，竟將大半條街占了。大門前雖冷落無人隔著圍牆一望，裡面廳殿樓閣也都還崢嶸軒峻；就是後一帶花園子裡（後字何不直用西字　恐先生墮淚故不敢用西字），樹木山石也都還有蓊蔚洇潤之氣……**」

石頭城側有脂批「點睛神妙」四字，後一帶側有「後字何不直用西字」及「恐先生墮淚故不敢用西字」一問一答的十九個字。過去紅學家非常重視這段話及其脂批，認為作者將故事寫的似發生在帝都，實際是寫金陵，也就是曹家三代四世，住了近六十年的江寧南京。

孫權將都城遷到建業，據說是採納諸葛亮的建議，因諸葛亮誇讚此地是龍蟠虎踞的石頭城，促使西元二一一年赤壁戰勝後，孫權在舊秣陵城基上依山傍江修築了一座周長約三公里的軍事要塞，即著名的石頭城。南京自此別稱石頭城，而「點睛神妙」四字是否一語雙關，指出在石頭城中所發生的故事稱《石頭記》？

東吳後，東晉、宋、齊、梁、陳這六個朝代相繼建都建康，歷史上稱為六朝。其中連續有兩百七十三年為東晉及南朝都城，雖是偏安南方的衰微朝廷，但文化發展卻燦爛，東晉的顧愷之、王羲之及陶淵明，在繪畫、書法及文學上的成就，迄今無人能超越。

梁武帝在位四十八年，此時建康已是百萬人口的繁華都城，他篤信佛教而有南朝四百八十寺的規模。侯景之亂時他餓死在臺城，再五年又傳了九位君主後梁國滅亡。繼任的陳國更是荒腐，只傳了五位皇帝共三十二年，亡於陳後主。

賈雨村到金陵當是看不到什麼真的六朝遺跡，隋文帝入建康將所有宮室建築全部剷平後，大軍長揚北返，六朝金粉就此煙消雲散。看到六朝同時日本在奈良仿建的法隆寺，才知道我們損失的文化資產有多麼慘重。唯一僅存的就是天然石山、上砌條石與磚組成的石頭城，融合了六朝城跡與明城牆。

這段城牆仍完整保存，康熙南巡圖中所見畫面與現今近似，原峭立江中看似城牆的天然石壁，現河岸淤積開闢成公園。著名的景觀是石壁上浮出的鬼臉，係自然風化形成。

南京城現存的城牆，都屬明朝時所建，朱元璋傳嫡的傳統，使他的兒子朱棣藉口靖難，奪走朱元璋長孫孝文帝的江山，朱棣遷都北京，並在北京建築與南京一模一樣的皇城。南京封給他的皇子朱高煦稱漢王，漢王府在皇城側，到清朝成了兩江總督衙門。

兩江總督衙門南側是江寧織造署，因康熙南巡駐蹕，乾隆時改為行宮，這個大行宮地區與明皇城正是一東一西，如賈雨村所說「**街東是寧國府，街西是榮國府，兩宅相連，竟將大半條街占了。**」

石頭城一帶天然石壁風化的鬼臉。

清涼山側清涼門一帶，沿著天然石壁築城而有石頭城之稱。

石城門原為南唐（937-975）京城的大西門。

西園 煦園

煦園是否西園，因幾經戰火已不可考。

紅學家陳慶浩考證曹寅偏好西字，西園中有西池、西亭，家中有名西堂的書齋，自稱是西堂掃花行者，擔任巡鹽御史之院內有西軒，曹寅詞集名《西農》，詩集《荔軒集》又名《西軒集》。

全書不僅是第二回的脂批提到「西」字，多回《紅樓夢》中都顯示「西」對曹家，是一個感傷的字。廳殿樓閣崢嶸軒峻與樹木山石蓊蔚洇潤，應是形容曹家在南京的深宅大院。推測這座宅第即康熙南巡駐蹕所在的江寧織造署，乾隆南巡亦駐蹕於此，到乾隆十六年時改為行宮，江寧織造的辦公處所另遷他處。

過去的地圖缺乏比例及座標，考證曹家時代的江寧織造署，大抵是在現在南京大行宮地區，碑亭巷與利濟巷間，約在民國時代的總統府南邊。

總統府的前身在清代係兩江總督衙門，太平天國時一度是天王府。現為觀光名勝，其西側有花園名煦園，此園亦別稱西園，與織造署內的西園位置非常接近，目前資料顯示兩者並非指同一花園。

明永樂帝遷都北京後，南京封給二皇子朱高煦，此園原為王府的舊庭，承接自朱元璋封給對手陳友諒之子的府第，朱高煦以其名「煦」字為園名。

尹繼善任兩江總督於乾隆十一年，他除將大行宮增修改建外，在煦園水池邊建青石舟舫，乾隆南巡時題「不繫舟」匾額。

園中水池與石舫乾隆年間即存，其餘建築均已毀於太平天國戰火，現有建築物大都為曾國藩同治年間重建。

總統府內煦園為明代即存之庭園，石舫乾隆年間即存在，與江寧織造署極近，或許兩者即為同一區域內。

南京民國時期總統府在清朝曾為太平天國（1851-1864）的天王府，為洪秀全拆原兩江總督衙門、江寧織造署改建。曾國藩（1811-1872）殲滅太平天國後重建為兩江總督衙門，江寧織造署則不再位於此處。

甄家

不都是為爭帝位，
而骨肉相殘、
血淚交織的「噩夢」嗎？
哪分什麼真假！

《紅樓夢》有兩個甄家，一個是只出現在第一回甄士隱家，另一個在書中隱隱約約提到南京的甄家。

書中元妃省親點戲章節的脂批，說明所點之戲乃通部之大過節、大關鍵，第二齣〈仙緣〉為《邯鄲夢》中一折，是「伏甄寶玉送玉」之事。書中提到甄家曾風光地接駕四次，作者似曾想將南京的甄家，與北京的賈家成為真實與虛幻的對比。

後來作者可能意識到，有個與賈寶玉一模一樣的甄寶玉，確實不是一個很好的構想，淡化甄寶玉刪去「甄寶玉送玉」，只留下曹家在南京真的發生過的大事，如接駕四次、被抄家前被疑曾寄遁財物及送禮大手筆等。使今本《紅樓夢》甄寶玉只在夢中出現，根本沒有甄寶玉送玉的情節。

作者最後一次大規模增刪時，在第一回創造了另一個在蘇州的甄士隱家，同一時期完成的第二回，將賈家的老宅也明寫出位於金陵，是否企圖刪去原先南京的甄家，因全書尚未完成作者已逝，我們只能猜測。

南京與北京確有兩座可說是行制相似的大宅，就是南京的明故宮與北京的紫禁城，後者主要建築物都是永樂帝仿明故宮所建。長年研究南京的紅學家嚴中認為，書中描述的寧國府形式與明故宮接近，相對地理位置上，榮國府剛好是江寧織造署。

弔詭的是北京的紫禁城真正是一座大的紅樓，不論洪武末年到永樂初年間發生在南京明故宮中，與康熙末年到雍正年間發生在北京的紫禁城的故事，不都是為爭帝位，而骨肉相殘、血淚交織的「噩夢」嗎？哪分什麼真假！

乾隆元年的南京地圖，與曹雪芹熟悉的南京相近，舊皇城左側即兩江總督衙門、江寧織造署，類似榮國府與寧國府的構局。而舊皇城的建制亦與北京紫禁城一致，給曹雪芹賈府一南、一北的無窮想像。

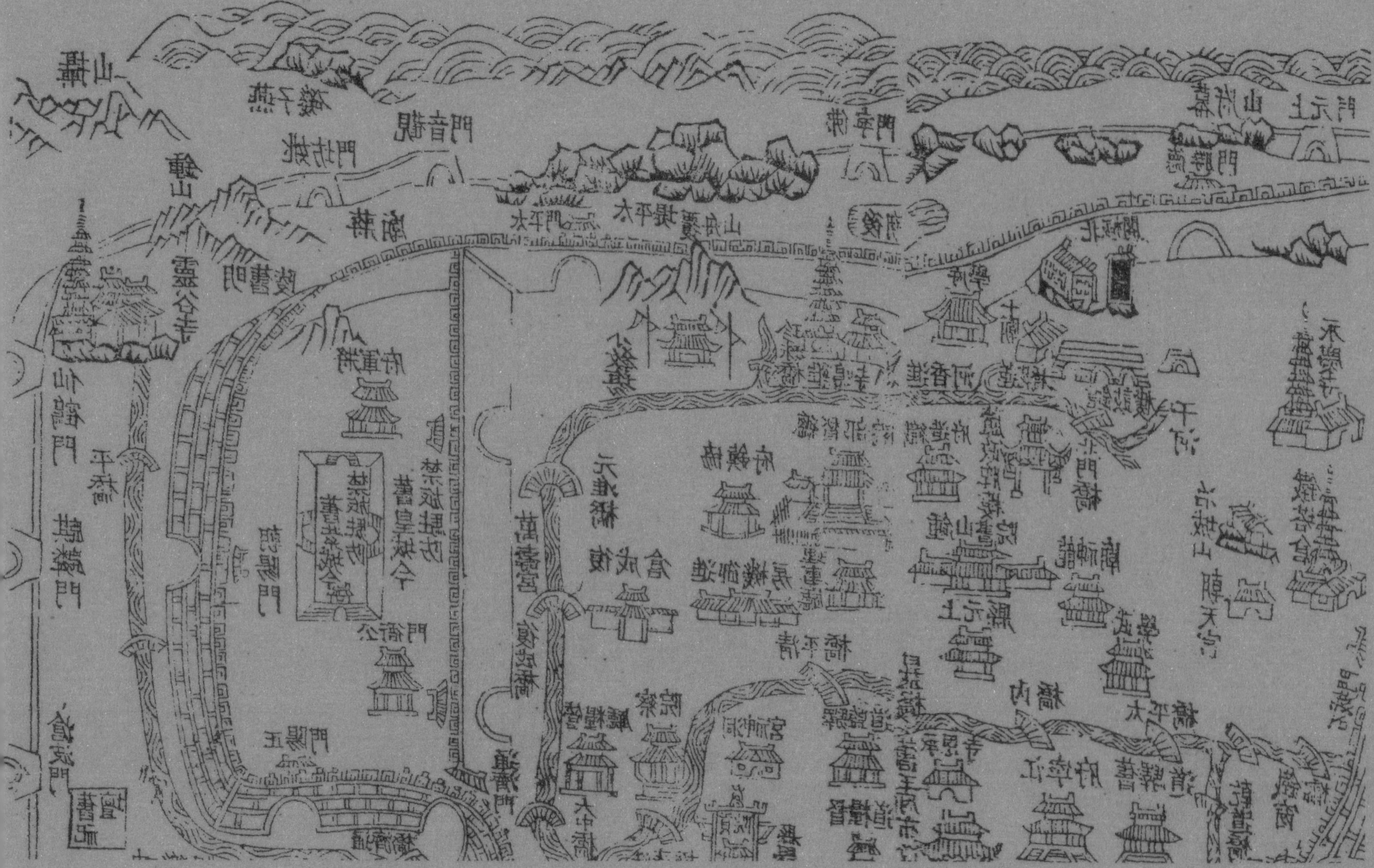

乾隆元年的南京地圖，與曹雪芹熟悉的南京相近，舊皇城左側即兩江總督衙門，江寧織造署，類似榮國府與寧國府的格局。而舊皇城的建制亦與北京紫禁城一致，給曹雪芹賈府一南，一北的無窮想像。

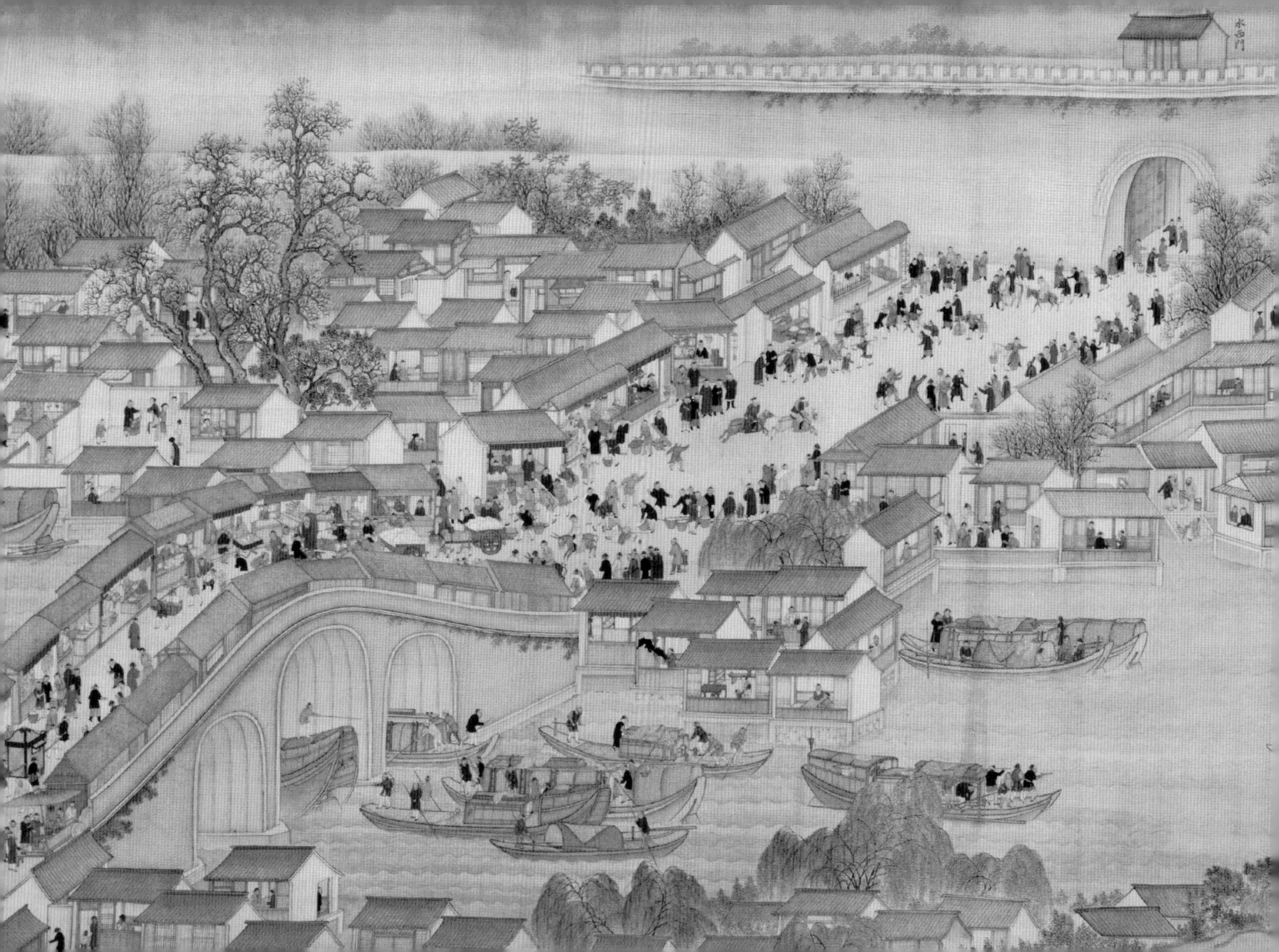
水西門

水西門正式名稱是三山門，面臨秦淮河，為舊日從水路進出南京城的主要孔道，亦為城西最重要的一座城門。

南直召禍

雍正五年十二月二十四日

奉旨：江寧織造曹頫，行為不端，織造款項虧空甚多。朕屢次施恩寬限，令其賠補。伊倘感激朕成全之恩，理應盡心效力，然伊不但不感恩圖報，反而將家中財物暗移他處，企圖隱蔽，有違朕恩，甚屬可惡！著行文江南總督范時繹，將曹頫家中財物，固封看守，並將重要家人，立即嚴拿；家人之財產，亦著固封看守，俟新任織造官員綏赫德到彼之後辦理。伊聞知織造官員易人時，說不定要暗派家人到江南送信，轉移家財。倘有差遣之人到被處，著范時繹嚴拿，審問該人前去的緣故，不得怠忽！欽此。

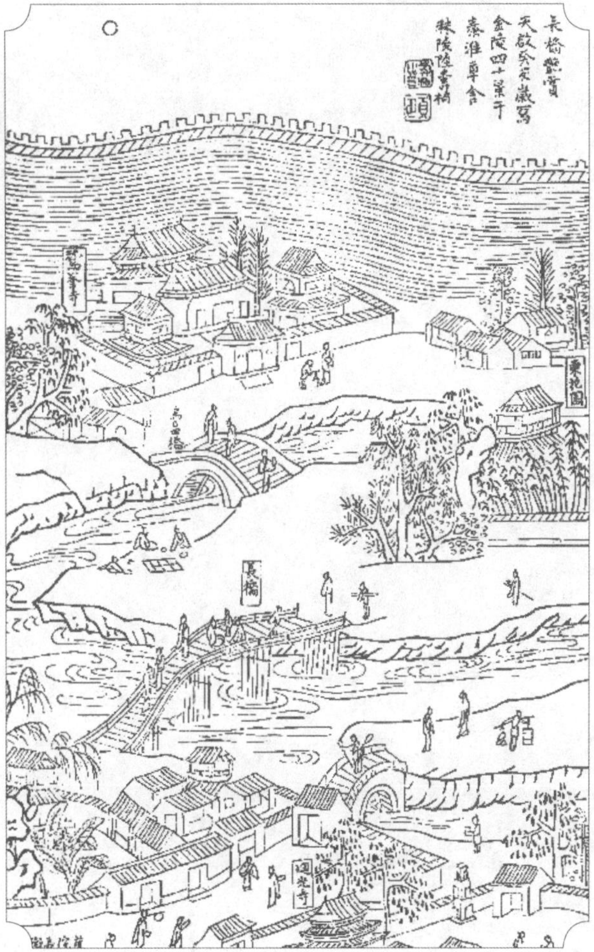

明代版畫上的金陵風光。

《紅樓夢》第一回寫葫蘆廟失火，殃及鄰邊的甄士隱家，於是接二連三，牽五掛四，將一條街燒得如火焰山一般。這把火造成英蓮被拐後氣氛低迷的甄家，從此一步步走向徹底衰敗。

這段文字非常神似雍正初年，先是李煦抄家，接著曹李兩家靠山的皇八子、皇九子相繼獲罪削爵死亡、皇十四子被軟禁，曹家女婿納爾蘇被革爵，曹寅妹夫傅鼐被充軍，終至雍正六年元宵節前曹家被抄。

此段脂批「寫出南直召禍之實病」所謂南直，指的就是南京。

寫出南直召禍之實病

明洪武年間以南京為都城稱為京師，直接隸屬於京師管轄的地區稱為直隸，大致包括今天江蘇、安徽、上海兩省一市。永樂遷都北京後，原京師對應北京改名南京，直隸上亦加一南字，成為南直隸。

〈滿床笏〉這齣戲又名打金枝，郭子儀滿門富貴，媳婦是唐代宗的公主，公主不孝亦遭責打的典故。

第五講
謎般的脂硯齋

脂硯齋三字源自書中衆批者之一，以脂硯或脂硯齋署名。《紅樓夢》中有許多永遠都不可能有答案的謎題，脂硯齋就是其中之一。脂硯齋究竟指的是什麼？是人？是硯？還是書齋？

批書是中國文人自古喜歡的傳統，清初金聖嘆將《莊子》、《離騷》、《史記》、《杜詩》、《水滸傳》、《西廂記》逐一點評，稱之為「六才子書」膾炙人口。脂批與金批不一樣，金聖嘆批的都是古書，而脂批是與作者兩人同步邊寫、邊批、邊改，因而彌足珍貴。

收集了各版脂批，編成《新編石頭記脂硯齋評語輯校》一書的陳慶浩指出，脂硯似熟悉曹家早年的生活，他引用多條脂批證明：

真有是事，真有是事。（第三回）

真有是事，經過見過。（十六回）

有是事，有是人。（二十三回）

妙極之頑……此語余亦親聞者，非編有也。（六十三回）

……作者曾經、批者曾經，實係一寫往事，非特造出……（七十四回）

脂硯除了為作者所寫的事件真實性背書外，兩人有不少或悲或喜的共同記憶。第三回作者形容寶玉「**面若中秋之月，色若春曉之花。**」脂批「少年色嫩不堅勞，以及非夭即貧之語，余猶在心，今閱至此放聲一哭。」如果寶玉原型真是少年脂硯，批語印證了當年的美少年，為今日的落魄落淚，第八回衆人對賈寶玉說：

少年色嫩不堅勞 以及非夭即貧之語 余猶在心 今閱至此放聲一哭

「……**二爺寫的斗方兒字法越發好了，多早晚賞我們幾張貼貼。**」脂批：「余亦受過此騙……此時有卅年前向余作此語之人，側觀其型已皓首駝背矣，乃使彼又細聽此數語，彼則潸然泣下……」書中有不少段落，寫的都是三十年前批書者一些不愛讀書的生活細節，與賈寶玉似是一人，又不似一人。

余亦受過此騙 此時有卅年前向余作此語之人 側觀其型已皓首駝背矣 乃使彼又細聽此數語 彼則潸然泣下

也有些人是否定脂批的，認為任何人都可能經歷少年輕狂，也有親情瑣事，年老後想起提起都可能潸然淚下，批者不一定是曹家人，甚而不一定是與作者同時的人。不論脂硯齋是誰，在曹雪芹身世亦如謎的今天，企圖多了解一點脂硯齋，是否就可能多了解一點曹雪芹。

脂批、石見、誰是脂硯齋？

紅絲硯為山東青州黑山紅絲石所製，為魯硯代表。宋蘇易簡《硯譜》謂硯有四十餘品，以青州紅絲硯為第一。

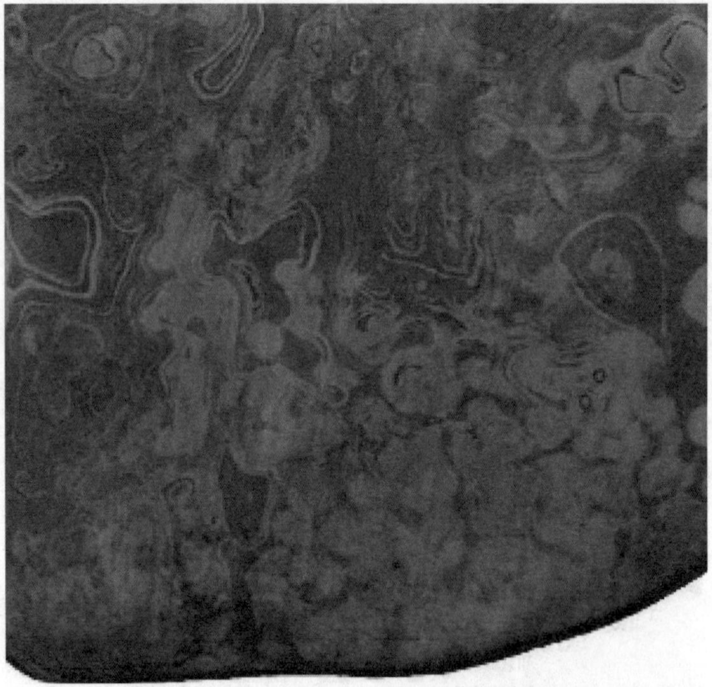

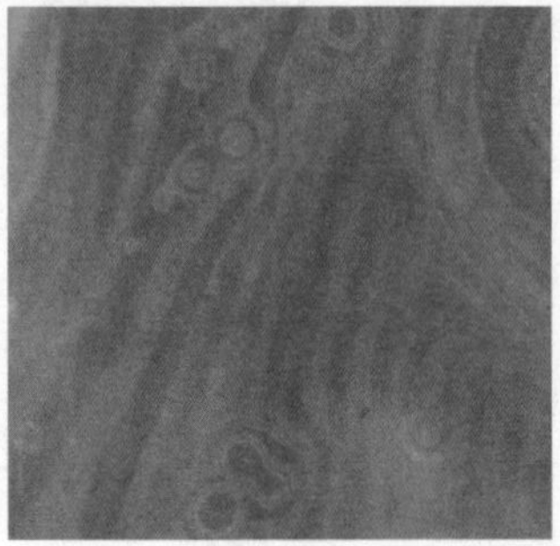

紅絲石唐宋時即負盛譽，其色紅黃相間，有絲紋繚繞，石質堅而不頑，發墨潤毫可謂觀賞實用俱備。

有人認為脂硯及紅絲硯，而寶玉及雨花臺石，前者為曹家祖傳寶硯，後者為南京特產，都與曹雪芹家世相關。

脂批

脂批泛指《石頭記》手抄本上的批語，使讀者知道作者所敘述故事部分是有所本，批者曾聽過、見過，或經歷過這些情境。

脂批的數量非常多，甲戌、己卯、庚辰三大抄本都有大量的批語。其他的抄本如甲辰本不但數量銳減且內容被簡化；戚序本的批語，在有正書局剪貼出石印本時，曾大量妄加妄減，看不到原貌；靖藏本究竟有無還無法確定。因而討論脂批，以三大抄本為準。

目前已知的幾千條的批注中，繫年及署名脂硯的並不太多，甲戌本幾乎全無，己卯及庚辰本有署名脂硯的批註集中在十六及十九兩回，且都是文中雙行夾批，其他回極少。還有署名畸笏的批書者，數量相當可觀。

雖署名之批不多，但抄本中到處有「脂硯齋」三字，他不僅是評書者，也是有權利決定書名的重要人物。甲戌本每頁版心，上有石頭記書名，下有脂硯齋三字。己卯本、庚辰本每回回首都以「脂硯齋重評石頭記之第某回」開始，每卷目錄《石頭記》書名下有一行「脂硯齋凡四閱評過」小字，可推測許多沒有署名的批語，也可能是脂硯所批，脂硯齋與《石頭記》兩者是密不可分的。

脂硯齋重評石頭記之第某回

庚辰本廿四回賈芸向舅舅借錢未遂，在路上遇到醉金剛倪二仗義的一段，眉批有署了己卯冬夜脂硯批語「這一節對《水滸》楊志賣大刀遇沒毛大蟲一回看覺好看多矣。」此卷之中，還有不少只繫年「己卯冬夜」的批語，紅學家認為都可視為是脂硯所批。

這一節對《水滸》楊志賣大刀遇沒毛大蟲一回看覺好看多矣

己卯年以後脂硯署繫批語已不再見，推測己卯是脂硯最後批書之年。

石見

批者為何會以脂硯兩字為署名？

脂硯確是十分獨特的署名，胡適最早詮釋脂硯是《紅樓夢》中「愛吃胭脂的寶玉，即曹雪芹自己。」俞平伯以為是作者自己、同輩或略晚者，沒有提出署名脂硯的意義。

趙岡認為脂硯如其字面解釋，是紅色的硯臺。他引用曹寅〈硯箋〉中寫「紅絲硯為天下第一石，有脂脈助墨光。」內容，加上張雲章賀曹寅得孫詩，有「祖硯傳看入座賓」之句，聯想成為「……這塊祖硯是一種紅色石頭作的名叫脂硯。曹顒的遺腹子天祐得到了這塊傳家寶硯，於是自號脂硯齋。」趙岡認為曹天祐就是脂硯齋。

曹寅有介紹紅絲硯的文章，卻沒說他自己擁有，他家的祖硯並不一定就是紅絲硯。高陽的小說中就把硯臺歸屬了曹寅的女兒，平郡王妃曹佳氏。因此這些說法都涉及太多的假設，只要第一個假設不成立，曹家的祖硯不是紅絲硯，後面的脆弱聯結就全部崩盤。

如果簡單一點來看脂硯齋，他最認同《石頭記》書名，因為「硯」字即「石見」兩字合成。他欣賞以女媧補天的神話為楔子，他瞭解未能補天的遺憾，脂硯齋自認化身為書中的石頭，夾雜在一干風流冤家中，來到紅塵俗世，親眼所見、親身經歷了一段悲喜交集的血淚生涯。

第二回看到智通寺柱上對聯「**身後有餘忘縮手，眼前無路想回頭。**」脂硯批了(一)卻是為余一喝！」第七回焦大一段借酒裝瘋罵文後批(一)真可驚心駭目，一字化一淚，一淚化一血珠……」十三回「**三春去後諸芳盡，各自須尋各自門。**」批(一)此句令批書人哭死。

卻是爲余一喝

真可驚心駭目 一字化一淚 一淚化一血珠

此句令批書人哭死

脂是紅的顏色，作者自頁首起一再強調的是「血淚」二字，所悲的紅塵經歷是大家族的沒落與繁華散盡。不是附會、沒有索隱，只有曹家經歷了這樣特殊的人生，或可說曹家的人更有機會，看到更悲慘的人生，發生在與他家結親的平郡王府，或他家所服侍的帝王家。

誰是脂硯齋

玉兄若見此批必云 老貨 他處處不放鬆我 可恨可恨 回思將余比作釵 顰等 乃一知己 余可幸也 一笑

裕瑞說「……曾見《石頭記》抄本卷額，本本有其叔脂硯齋的批語，引其當年事甚確……聞其所謂寶玉者，當系其叔輩某人，非自己寫照也。」紅學家不得不放棄曹雪芹是賈寶玉，轉為寶玉是脂硯齋，又說不上脂硯齋是誰？

曹家人丁並不旺，又要熟悉《石頭記》內容的更不多。因此皮述民將線索擴大到蘇州李家，認為蘇州織造李煦之子李鼎極有可能是脂硯齋，且李鼎可算是曹雪芹的表叔輩。

李家一樣負責接駕康熙南巡，一樣生活奢華虧空公款，且其子李鼎據皮述民考據，約生在康熙三十三年，遊手好閒終生未仕，不但符合書中賈寶玉的原型，有可能是過慣浮華生活、目睹康熙南巡，符合深知全書根由的脂硯齋。

皮述民又引顧公燮《丹五筆記》以「織造李煦……公子性奢華，好串戲……演《長生殿》傳奇，衣裝費至數萬……」來呼應脂硯似熟悉梨園，自誇(一)余歷梨園弟子廣矣」的批語。

余歷梨園弟子廣矣

曹雪芹的叔輩，且有江南生活經歷的李鼎，確較曹家其他北京宮中當差的叔輩，更接近成為脂硯齋的的條件。

也有紅學家質疑裕瑞「叔輩」這項資訊，仍相信自己的猜測。周汝昌以雪芹妻即書中史湘雲為脂硯齋，因一則關鍵性批語(一)……玉兄若見此批必云『老貨，他處處不放鬆我，可恨可恨！』回思將余比作釵、顰等，乃一知已。余可幸也！一笑。」周汝昌認為這段批語是像夫妻間的對話，將批者比為釵黛，當然因為批者是女性。而且周汝昌深信有所謂舊時真本，史湘雲最後成為賈寶玉續弦。

趙同也同意脂硯是女性，即書中薛寶釵，現實中是曹頫的妻子、曹雪芹的母親。他的配套猜測包括：書中薛蟠是脂硯死後接下批書重任的畸笏叟，即現實中曹學芹的舅舅；最早的作者是曹頫，他死後或出家後，由兒子曹雪芹在母親協助下繼續寫書。

但愈猜愈多，愈離愈遠。弔詭的是每一個原型都可找到些線索，或是幾條脂批來驗證這個原型是正確的，卻又無法經得起其他批語的反駁。

畸笏叟

可能是一個失意官場的老人，接下脂硯齋批《紅樓夢》的艱鉅任務。

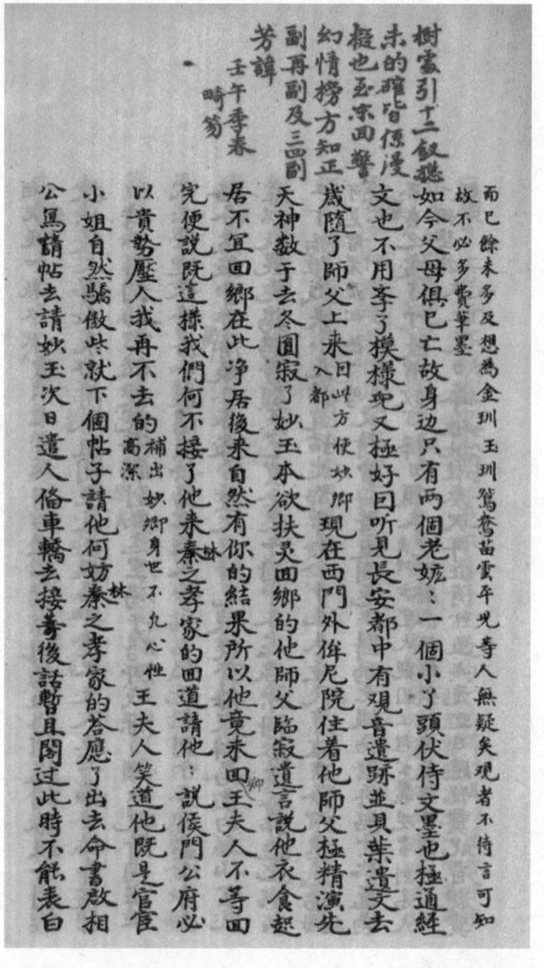
而已餘未多及想為金玔 玉玔 鴛鴦苗雲平兒等人無疑矣 覌者不待言可知
故不必多費筆墨

樹處引十二釵總未的確皆係漫擬也至末回警幻情榜方知正副再副及三四副芳諱 壬午季春 畸笏

如今父母俱已亡故身边只有兩個老媽：一個小丫頭伏侍文墨也極通經文也不用学了模樣兒又極好因听見長安都中有覌音遺跡並貝葉遺文去歲隨了師父上來（回此方使妙卿入都）現在西門外牟尼院住着他師父極精演先天神數于去冬圓寂了妙玉本欲扶灵回鄉的他師父臨寂遺言說他衣食起居不宜回鄉在此净居後來自然有你的結果所以他竟未回（鄉）王夫人不等回完便說既這樣我們何不接了他來（林）秦之孝家的回道請他：說侯門公府必以貴勢壓人我再不去的（補出妙卿身世不凡心性高深）王夫人笑道他既是官宦小姐自然驕傲些就下個帖子請他何妨（林）秦之孝家的答應了出去命書啟相公寫請帖去請妙玉次日遣人備車轎去接等後話暫且閣过此時不能表白

乾隆廿四年己卯是脂硯與畸笏批書的分界線，這年脂硯在批中罵紅玉。而畸笏丁亥（乾隆卅二年）批說明了係因沒看到八十回後的文字的緣故。畸批多條署年壬午春，應是作者去世前最後增修全書時期的批語。

除了脂硯齋外，還有一位署名畸笏的重要批書者，有畸笏叟、畸笏老人、老朽等等不同署名。有一說脂硯齋是批書者年輕時的署名，到了老年改署畸笏。。

笏即朝板是高官的象徵。賈母因酬神戲選到《滿床笏》喜孜孜地認為是好兆頭。將畸字加笏前批者可能是個失意官場的老人。

第十三回有眉批「樹倒猢猻散之語今猶在耳，曲指三十五年矣！傷哉，寧不慟殺！」此句應為畸笏所批，若以壬午年往前推三十五年，是雍正五年，這年年底曹頫被革職，第二年元宵節前曹家被抄，因而許多紅學家都同意，曹頫極有可能就是畸笏。

畸笏的批語，今昔對比對往事是悲痛的，常見的「嘆嘆」及「寧不痛殺」等語。他也似作者的長輩，如天香樓事，他可命作者刪去，嘆惜書未完成而雪芹去世，廿二回有眉批「前批書者寥寥，今丁亥夏，只剩朽物一枚，寧不痛乎！」回後暫記寶釵謎面有「此回未成而芹逝矣，嘆嘆！丁亥夏畸笏叟。」

綜觀不少確為畸笏的批語，可看出他對全書的了解及掌控遠超過其他人。畸笏最代表性的批語，首推第十三回「通回將可卿如何死故隱去，是大發慈悲心也，嘆嘆！壬午春。」他知道可卿是誰，也知為何自縊，也有權叫作者刪改。

對曹家意義深遠的「西」字，畸笏也一樣有感觸、有記憶。第廿八回寶玉在馮紫英家宴，喝一大海酒發酒令，批「大海飲酒，西堂產九臺靈芝日也，批書至此，寧不悲乎？壬午重陽日。」及「誰曾經過？嘆嘆！西堂故事。」

畸笏看過八十回後的文字，二十回批「麝月閒閒無語令余鼻酸，正所謂對景傷情。丁亥夏畸笏。」廿一回「……寶玉有此世人莫忍為之毒，故後文方能懸崖撒手一回。若他人得寶釵之妻、麝月之婢，豈能棄而僧哉……」第廿五回有「……嘆不能見寶玉懸崖撒手文字為恨，丁亥夏畸笏叟。」畸笏認為作者寫作風格是「草蛇灰線伏千里之外」，草蛇灰線伏千里之外往往忍不住會在前文，暗示後文重要的結局。

廿七回畸笏反駁了脂硯己卯冬之批，認為脂硯罵紅玉因未見抄後獄神廟諸事，間接證實了脂硯與畸笏是兩個人。雍正七年曹頫曾被枷號，也許是真實描述了獄中黑暗面，稿件才會迷失，或是故意銷毀。至於真正的結局，只能猜測了。

滿床笏

酬神戲頭一本白蛇記、
第二本滿床笏、第三本南柯夢，
正是賈家百年家業由盛而衰的寫照。

戲曲〈滿床笏〉圖中顯示郭子儀壽宴時全家的朝笏堆滿。

《紅樓夢》中提到無數齣戲曲，全書出現三次的是清初傳奇戲曲《滿床笏》。《滿床笏》的作者是清初戲曲家范希哲，全戲以唐郭子儀被節度使龔敬舉薦為天下兵馬大元帥，平了安史之亂而滿門富貴，六十大壽時七子八婿來賀壽，衆人的朝笏竟堆得滿牀。

第一回跛足道人唸完〈好了歌〉後，甄士隱解註以「陋室空堂，當年笏滿床……」有脂批「寧榮未有之先、寧榮既敗之後。」滿床笏與陋室空堂對比，作者暗示寧榮兩府未來的命運。

第廿九回賈府五月初一到清虛觀打醮，賈珍神前點了酬神戲。

「……頭一本白蛇記……第二本是滿床笏。」賈母笑道：「這倒是第二本上？也罷了。神佛要這樣，也只得罷了。」又問第三本。賈珍道：「第三本是南柯夢。」賈母聽了便不言語。

（寧榮未有之先 寧榮既敗之後）

賈母因神意選了吉祥戲而高興，還以第二本才上為憾，聽到第三本是《南柯夢》就沉默不語。作者想表達連貫全書的主題，正是漢高祖斬白蛇開國、郭子儀滿門富貴到淳于棼的南柯一夢。

第七十一回寫到八月初三賈母八十大壽，七月初起送賀禮的就絡繹不絕，開始賈母還有興趣檢視禮物，後來就叫王熙鳳收好，悶時再看。寫得似是風光富貴，不久賈母就找了鳳姐來問：

「前兒這些人家送禮來的，共有幾家有圍屏？」鳳姐道：「共有十六家有圍屏，十二架大的，四架小的炕屏。內中只有江南甄家一架大屏十二扇，是大紅緞子緙絲滿床笏，一面是泥金百壽圖的是頭等的。還有粵海將軍鄔家一架玻璃的還罷了。」賈母道：「既這樣這兩樣別動，好生擱著，我要送人的。」

八十歲史太君無法自己享用壽禮，似要留著送給更重要的人，第三次出現的滿床笏三字，仍是這齣戲，以緙絲織品圖案呈現。象徵看似滿床笏的豪門，卻是紙上富貴而已。

果然下一回中，賈璉向鴛鴦提到，八月老太太千秋使了好幾千兩銀子，九月才會有進帳，所以：

「……這會子竟接不上。明兒還要送南安府裡的禮，又要預備娘娘的重陽節禮，還有幾家紅白大禮，至少還得三、二千兩銀子用，一時難去支借。俗語說『求人不如求己』說不得，姐姐擔個不是，暫且把老太太查不著的金銀傢伙偷著運出一箱子來，暫押千數兩銀子，支騰過去。」

再看下去讀者才知道，為賈母生日禮王夫人是接受鳳姐的建議，已將**「後樓上現有些沒有緊要大銅錫傢伙四五箱，拿去算了三百兩銀子，才把太太遮羞禮兒搪過去。」**

隨後，又有宮中夏太監來打秋風，王熙鳳拿出嫁妝金纍絲攢珠及點翠嵌寶石的兩個金項圈，典當了四百兩銀子過關，借夏太監二百兩，留下的一半銀子準備過中秋用。

接到將賈府比喻為「滿床笏」的賀禮後，作者一一揭開賈家上下的窘困，這架華麗的緙絲滿床笏圍屏成了反諷。

誰最可能是畸笏

笏即朝板，上古時記錄君命臣子雙手執笏，唐代五品官以上執象牙笏、以下執竹木笏。明代五品以上仍執象牙笏，五品以下不執笏，清朝已廢除笏板，但「笏」仍象徵官祿。

紅學界對脂硯齋是誰的意見紛歧，對畸笏卻僅有俞平伯的舅父說，及近年來相當多紅學家認同的曹頫說。

早期俞平伯猜畸笏是曹雪芹的舅父，廿四回賈芸向舅舅卜世仁借貸時，吃了一頓冷話有批「余二人亦不曾有是氣。」批者指出他與作者兩人的「甥舅」關係，不是這樣的。

> 余二人亦不曾有是氣

戴不凡〈畸笏即曹頫辯〉一文，得到大多數紅學家認同，他推測畸笏應是一位約生於康熙四十年左右的曹家親屬，幼而喪父估計亦喪母，為曹寅夫婦所扶養，是曹家被抄沒的當事人。曹頫奏摺「自幼蒙故伯父曹寅代在江南扶養長大。」

曹頫從康熙五十四年初到雍正五年底，當了近十三年的江寧織造，他先被革職後被抄家，還曾被枷號一年，將曹家顯赫了百年的殊榮毀於一世。靖本五十三回回前批「……亙古所無、浩蕩宏恩……母孀、兄亡，無依……斷腸心摧……」似直指曹頫，但「腸斷心摧」批語賈母送秦鐘金魁星時已用過「撫今思昔，腸斷心摧。」靖本為偽造之又一證據。

若畸笏真的是曹頫，雪芹、棠村都是他兒子，甲戌本第一回眉批「雪芹舊有《風月寶鑑》之書，乃其弟棠村序也。今棠村已逝，余睹新懷舊，故仍因之。」沒什麼感情。同回還有壬午除夕「書未成，芹為淚盡而逝！余嘗哭芹，淚亦待盡……」淚盡豈能與「腸斷心摧」相比，此回亦未見一字批語傷痛棠村的早逝。

庚辰本第廿二回末「此回未成而芹逝矣，嘆嘆！丁亥夏畸笏叟。」雖見悲痛卻遠不如提到其他事件時，如第十三回提到舊家族的沉痾，有「血淚盈面」之語。或對曹寅常說的「樹倒猢猻散」句，雖已屈指卅五年了，還是「哀哉傷哉，寧不痛殺！」

> 此回未成而芹逝矣　嘆嘆
> 丁亥夏畸笏叟

比較畸笏提雪芹及棠村與其他批句，語氣似不是父子。對此戴不凡亦說若有證據足以證明雪芹確是曹頫之子，他就收回曹頫為畸笏的看法。若曹頫只能是一個角色，個人認為他比較像曹雪芹的父親，是《石頭記》最早的構思者。

> 雪芹舊有風月寶鑑
> 之書　乃其弟棠村
> 序也　今棠村已逝
> 余睹新懷舊
> 故仍因之

> 書未成　芹爲淚盡
> 而逝　余嘗哭芹
> 淚亦待盡

入通濟門後街道上有長達數十里的彩棚，人們迎駕的畫面。

第六講

十二金釵

第五回是《紅樓夢》非常重要的一回，描述賈寶玉在秦可卿的房間午睡，夢中到了太虛幻境，看到了記載他生命中重要女子命運的簿籍。他似懂非懂地翻閱著又副冊、副冊、正冊，冊中有關金陵十二釵的文字，書中寫著：

……下首二櫥上果然一個寫著〈金陵十二釵副冊〉，又一個寫著〈金陵十二釵又副冊〉，寶玉便伸手先將又副冊櫥開了……

接著寶玉看了晴雯與襲人兩人的籍冊，再看副冊只看香菱一人後，又看完整本正冊。不論脂批或作者都不曾點出，這十四首詩是指書中那十五位女子，自《石頭記》傳抄以來，讀者似乎也都已知道，又副冊是晴雯與襲人，副冊是香菱，正冊以釵黛合一的詩為首，依次為元春、探春、湘雲、妙玉、熙鳳、巧姐、迎春、惜春、李紈及秦可卿。

寶玉還想再看，太虛幻境的仙姑怕他領悟太多，會洩了天機而將他帶開。他在夢中又繼續聆聽了十四首紅樓夢曲，這十四首曲除了開場與結尾外，其餘十二首曲一一對應正冊中的十二位女子。

曹雪芹原計畫應順著這些脈絡鋪陳全書，繼續他的增刪改寫，如同香菱的詩預言，夏金桂進門後她將被折磨而死。元妃早逝並曾託夢父母要留後步後，秦可卿詩是懸梁自盡，十三回將她改為病逝的同時，為何將托夢也改為她勸鳳姐為賈家早留後路？為何不把懸梁的詩曲改一改？

王熙鳳的讖詩「一從二令三人木」更是謎中大謎，除了「休」字外，迄今無一推測能讓較多數人信服，連脂硯齋都猜不透的金陵十二釵畫、詩、曲的預言，因作者未完成全書去世，留下更多懸疑。

因為《金陵十二釵》曾是書名，十二釵的人選又曾極不合理的四上四下，更令人懷疑作者想藉著這些人、詩、曲、畫，透露他自己的看法，從各個方面看來，這都不是單純的美女與詩畫的故事。

書名《金陵十二釵》

很少紅學家提出，這是曹雪芹命名的書名，應是他最屬意的一個書名。

長久以來紅學家都討論《石頭記》及《紅樓夢》這兩個書名，很少人注意到《金陵十二釵》也曾是書名，且這是曹雪芹命名的書名，應是他最屬意的一個書名。

第一回敘述了書名改變的過程，從最早的《石頭記》到《情僧錄》再改成《紅樓夢》及《風月寶鑑》等等，最後因曹雪芹在悼紅軒「**批閱十載，增刪五次，纂成目錄，分出章回……**」題為《金陵十二釵》。

綜觀改名過程，五個書名極可能是與曹雪芹所說的五次增刪呼應。第五次增刪應在乾隆甲戌年前，此時作者已將第一至五回改寫成，大致與目前面貌相同，定調成為全書的基礎，並按此基調重新調整全書結構，編定章節回目，此時《金陵十二釵》應為最接近全書旨意的書名。

第五次增刪及改變書名的同時，對書中人物的性格、結構及命運都可能有一定程度的變動，許多出現次數極少，卻又極重要的人物，大多在此次加入，包括只出現在第一回的甄士隱，或許也包括了北靜王。自此到作者去世前，約十年的時間中，除了書名，全書基調應該沒有作過更大的改動。曹雪芹持續修訂到他死時，前八十回仍未完全完成。

妙玉

元春

賈元春、妙玉、賈巧姐與秦可卿是四位替換而上的十二金釵。

書名一再更動與內容一再增刪有絕對的關係，乾隆甲戌年脂硯齋重評時，不喜歡《金陵十二釵》的書名，堅持仍用《石頭記》為名。這年是乾隆十九年，到乾隆廿四、五年也就是己卯、庚辰兩年脂硯齋四閱定本，還是用《石頭記》。

脂硯齋的「硯」字象徵「石見」之事，他當然喜歡與他相關的《石頭記》書名，此外早本中他所習慣的十二金釵，並不是第五回中的這十二人。

秦可卿淫喪天香樓、賈天祥正照風月鏡、二尤等的故事，原該屬於《風月寶鑑》內的章節，增刪過程中被併入《石頭記》中。秦可卿原本是屬於《風月寶鑑》的人物，是《風月寶鑑》併入變動後的十二金釵。脂硯齋熟悉的十二金釵，仍未被作者徹底刪除，甚而他對又副冊是那些靈巧丫鬟入冊的看法，也一樣有跡可循，分別在「庚辰秋月定本」的卷內。

第五次增刪既以《金陵十二釵》為書名，較之未改前，其人選、排序的重大改變，背後必有深層的意義。

可卿

巧姐

脂硯齋看十二釵

脂硯齋認為這是一種千手千眼大遊戲法，是一組組無人可指、有跡可追的美女。

汪圻所繪怡紅夜宴，十二釵多人參與。

脂硯齋署了名的批語並不多，尤其是夾在內文中的雙行批語，紅學家都認為是屬於作者較早期完成的章回，過錄時才能抄寫成雙行夾批。

四十六回有一段署脂硯齋的雙行夾批，對十二金釵有相當的描述，他認為是身分相當的一組組書中女子。

此批寫著「余按此一算亦是十二釵，真鏡中花、水中月、雲中豹、林中之鳥、穴中之鼠。無數可考、無人可指，有跡可追、有形可據，九曲八折，遠響近影，迷離煙灼，縱橫隱現，千奇百怪，眩目移神，現千手千眼大遊戲法也。脂硯齋。」

脂硯齋這段批語，夾寫在十二個名字後，這些名字依序是襲人、琥珀、素雲、紫鵑、彩霞、玉釧兒、麝月、翠墨、翠縷、可人、金釧、茜雪。這十二人明顯的是《紅樓夢》中重要的丫鬟，脂硯齋認為是一組十二釵。

綜觀這一回整回的主題，都是賈母倚重的鴛鴦，被賈赦逼嫁為側室。鴛鴦對平兒訴苦時說「**從小什麼話兒不說、什麼事兒不作**」的十二個深交，加上鴛鴦及平兒這十二釵，分明是十四人。不論十二個或十四個重要丫鬟中，沒有提到與紫鵑同為黛玉重要丫鬟的雪雁，而其中琥珀、素雲、彩霞、玉釧兒、翠墨、翠縷雖在此回前曾被提起，卻不在什麼重要場景，怎麼能跟撕扇補裘的晴雯比，晴雯卻未列入，反而有從未出現過的可人。

推想作者對十二釵，確如此回批語脂硯齋的感受，最早並沒有特定的範疇，只是一個「千手千眼大遊戲法」，雖都是有跡、有形，如鏡花、水月、雲豹、林鳥、穴鼠等，卻都無法真正掌握捉摸。

這段內文及批語，都是完成於曹雪芹重整第五回前，新的第五回已將十二金釵列冊具體化，重要的十二丫鬟是列成又副冊，領銜出場的正是晴雯、襲人，作者只讓讀者看到兩人，藉著賈寶玉不定的心性轉到副冊，也只披露了香菱一人。

推測還有十二優伶的又又副冊，賈母劉姥姥是否還要列一冊老旦呢？副冊的香菱原是甄英蓮，元宵節看燈被拐賣給薛蟠為妾，許多人據而認為副冊係重要的「妾」如平兒、尤二姐。這樣安排，豈不將香菱與趙姨娘、佩鳳列入同級，那第一回脂批「……香菱根基原與正十二釵無異。」說的又是那國話？

香菱根基原與正十二釵無異。

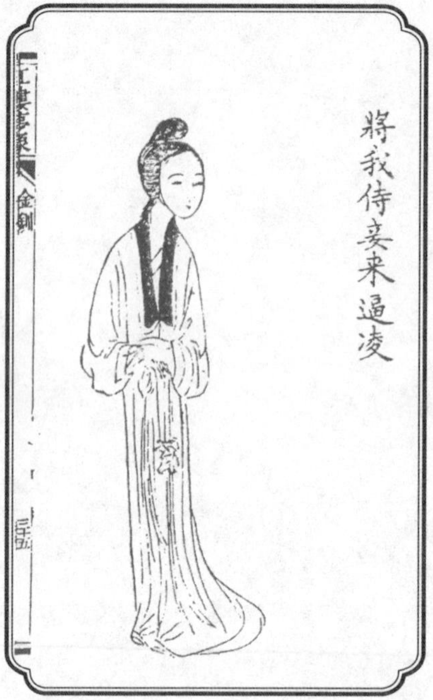

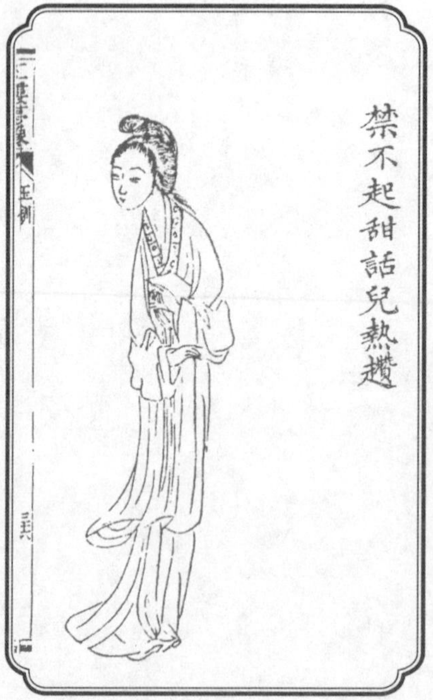

金釧、玉釧、翠縷、彩霞都是脂硯心目中另一類的十二釵。

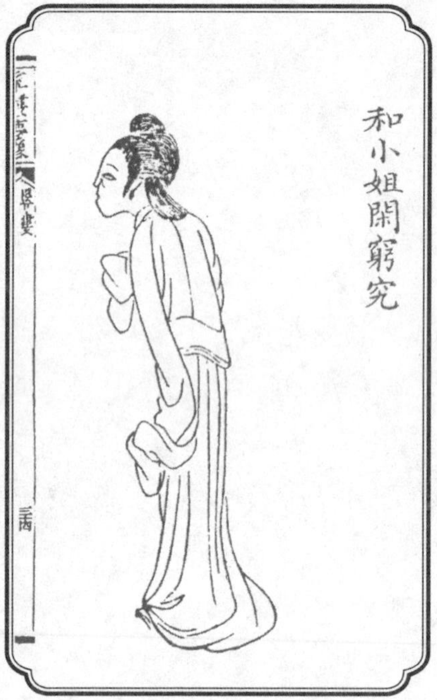

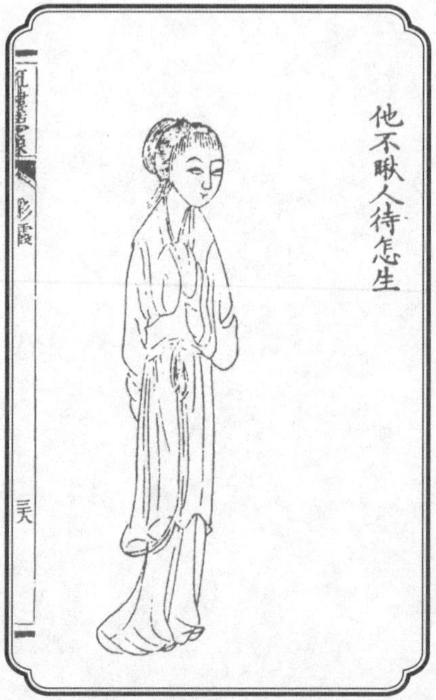

晴雯補裘是《紅樓夢》重要情節，晴雯竟不在脂硯的另類十二釵中。

琉璃世界白雪紅梅

此回係大觀園集十二正釵之文

穿著紅斗篷的金釵們，才是琉璃世界裡真的白雪紅梅。

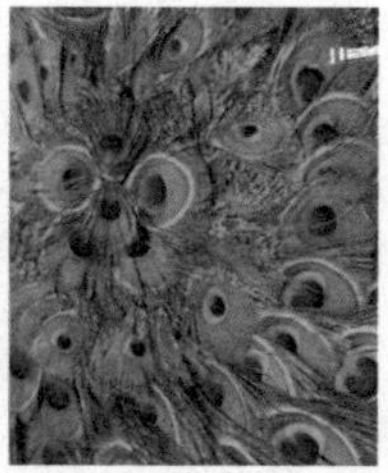

薛寶琴所穿鳧靨裘披風金翠輝煌，似用孔雀毛織的。江寧織造的技工能用金線及彩線織出孔雀毛，圖中為雲錦研究所所呈列的精品。

大觀園中衆釵賞雪，穿著紅色斗篷與白雪紅梅相映，事故是最美的片段，也是賈家盛極而衰的開始。

除了四十六回的雙行夾批外，四十九回回前有一批寫著「此回係大觀園集十二正釵之文。」這回中也有幾條署了脂硯齋的雙行夾批。俞平伯雖認為這回是作者早期的文稿，但他的根據並不是雙行夾批，而是回前宣告是集十二正釵之文，作者原構思的十二金釵在這回集合登場。

若要選《紅樓夢》那一回的回目最美，則〈琉璃世界白雪紅梅〉必能入選，但這回文采絕對不是最佳的，尤其描述十二正釵分頭來到榮國府的文字，平鋪直述地說到李紋、李綺、薛寶琴及邢岫煙都來了，這四人在晴雯眼中「**一把子四根水葱**」也不似佳句。

這些美女的到來，使大觀園比先前更熱鬧了。「**以李紈為首，餘者迎春、探春、惜春、寶釵、黛玉、湘雲、李紋、李綺、寶琴、岫煙，再加上鳳姐及寶玉，一共十三人。**」俞平伯認為除寶玉外的十二人，就是回首所說的十二正釵。

這回作者細細地描述了十二金釵身上的衣飾，由薛寶琴披著的一領金翠輝煌的斗篷開始，沒見過世面的香菱以為是孔雀毛織的，世家出身的湘雲識貨，知道那是野鴨子頭上那一小撮綠花花的毛集成的。到此回末作者才藉「**只見寶琴披著鳧靨裘站在那裡笑……**」這麼一筆，讓我們知道這領珍貴的斗篷原來叫「鳧靨裘」。

接著是寶玉穿著猩猩氈斗篷，後文寫「**只見衆姐妹都在那邊，都是一色大紅猩猩氈與羽毛緞斗篷。**」連林黛玉也不例外，她的妝扮十分出色：「**掐金挖雲紅香羊皮小褂，罩了一件大紅羽紗面白狐狸裡的鶴氅，束一條金心閃綠雙環四合如意絛，頭上罩了雪帽。**」

曹雪芹還寫了不同衣裝的四個女子，以避免大家都穿紅斗篷如制服般無趣。守寡的李紈穿一件青哆囉呢對襟褂子；不愛打扮的薛寶釵，穿了一件蓮青斗紋錦上添花洋線番羓絲的鶴氅；而貧窮的邢岫煙是家常舊衣，並無避雪之衣；再加上一身皮毛，被黛玉譏如孫行者的湘雲，寫得前後照輝生色。

為點〈琉璃世界白雪紅梅〉題，作者寫第二天一早賈寶玉起來，看到雪中的大觀園：

> **從玻璃窗內往外一看，原來不是日光，竟是一夜大雪下將有一尺多厚，天上仍是搓綿扯絮一般。寶玉此時歡喜非常……忙忙的往蘆雪庵來，出了院門四顧一望並無二色，遠遠的是青松翠竹，自己卻如裝在玻璃盒內一般……聞得一股寒香拂鼻，回頭一看，恰是妙玉門前櫳翠庵中有十數株紅梅花，開得如胭脂一般映著雪色……**

明眼人知道前一天穿著紅斗篷的衆人，才是琉璃世界裡真的白雪紅梅。

第二天到蘆雪庵是為了吟詩對句，參與對句者當然就是十二正釵，已是第五十回〈蘆雪庵爭聯即景詩〉的內容了。

十二釵　四上四下

為何四位妙齡才女被換下？換上出家人、嬰兒及大觀園完成前，已上吊死去的秦可卿？

蘆雪庵的吟詩由王熙鳳的「一夜北風緊」開場，接句的順序是李紈、香菱、探春、李綺、李紋、岫煙、湘雲、寶琴、黛玉、寶玉、寶釵等十二人，回末詠紅梅及編謎語還是這些人，迎春及惜春都沒參加。

俞平伯所謂十二釵曾四上四下，被換下的該是這兩、三回極為活耀的李綺、李紋、薛寶琴及邢岫煙四人，換上秦可卿、賈元春、妙玉及賈巧姐。

《風月寶鑑》併入後，秦可卿進入《石頭記》中，並安排在第十三回去世，她既沒趕上大觀園落成，也沒有一字一句詩文留下，她竟能入選為十二金釵，許多紅學家都質疑過，作者的標準到底在哪裡。

大觀園雖是為賈元春省親而建，元春也是一日都沒住過，省親當日戌初起駕，即晚上七點多，到丑正三刻回鑾即次日凌晨兩點四十五分，停留不到四個時辰。賈元春入選為十二金釵，雖身分地位都無懈可擊，總覺得不符合脂硯齋「迷離煙灼、縱橫隱現……」的想像。

更奇怪的是賈巧姐，四十一回她以大姐兒之名初現，與劉姥姥的孫子板兒互換了柚子與佛手，雖脂批「伏線千里」因無後文，也不知未來會如何。次回劉姥姥根據她生日七月七，起了個「巧」字為名，只有六十二回賈寶玉生日，提到被奶媽抱著去拜壽，為什麼也是十二釵？

妙玉可能是大家比較能接受的新金釵，令人狐疑的卻是她早在元妃省親前，就已遷入大觀園的寺廟，她第五回曲的開場有「**氣質美如蘭，才華復比仙**……」的讚詞，證明妙玉既美麗又有才氣。但第三十七、八回的菊花詩及詠海棠、螃蟹都沒有她的份，七十回柳絮詞及放風箏也不見她的蹤影，只有在七十六回，史湘雲與林黛玉對句，分別說出「**寒塘渡鶴影**」及「**冷月葬花魂**」經典結尾後，突然冒出來的妙玉連了一堆句子，狗尾續貂地以「**徹旦休云倦，烹茶更細論。**」這麼平凡、平淡的兩句結束。

更奇怪的是第四十九及五十兩回，明明提了紅梅來自妙玉的櫳翠庵前，也說明邢岫煙與妙玉是舊識，卻沒有邀她前來。原先作者可能安排她只是建大觀園當時，林之孝家訪聘的，十二個小道姑們所居道觀的觀主。塑造妙玉一種「**太高人愈妒，過潔世同嫌**。」的獨特個性，可能是後來加入的，但也是為了讓她能成為十二釵之一。

十二釵中刪去四位花容月貌的少女，換上賈家行為不端早死的孫媳婦、出生未久仍由奶媽抱著的嬰兒、已入深宮的長女及半出家人，真是夠奇怪，作者還把書名也改成《金陵十二釵》背後必有特殊涵義。

被替換下的十二金釵李紋、李綺、邢岫煙及薛寶琴。

排序的玄機

沒有紅學家提出過合理的
十二金釵出場序，
或許根本沒有謎底，
也可能是最重要的玄機。

史湘雲一直被認為最後嫁給了賈寶玉，此圖為清著名畫家費丹旭（1801-1850）所畫《紅樓夢》十二金釵圖的史湘雲。

曹雪芹完成第一至五回增刪，更動新的十二金釵人選及改《金陵十二釵》為書名，三件事似是一氣呵成。脂硯齋既不喜歡《金陵十二釵》書名，也看不太懂或不想研究冊籍預言詩曲，可由脂批的冷淡印證。

新上選的四位金釵中，看似有諸多不合情理之處，當然是作者對全書結構有了新的考量，冊籍及預言詩曲，極可能也是在此時編寫。多年來有不少著名紅學家討論過，新的十二釵在出現的排序背後，作者是否暗示了什麼玄機或深層的意義，只是不論用任何法則來解釋，都不能全然合理。

余英時對十二金釵排序，認為應是「多重性」不宜抽象地討論，也不應孤立、個別處理。要全面具體研析，他以「通部情案皆必從石兄掛號」為出發，他認為最重要的標準是各女子與賈寶玉的親疏關係。

大多數的紅學家，也都以此為排序基準，釵黛居首無可爭議，元春探春是同父姐妹，居三、四位也說得通。至於湘雲與妙玉為何比迎春、惜春重要，若說寶玉最後娶了湘雲也罷，妙玉呢？

白先勇則以妙玉名中有「玉」字，是作者另眼相看的重要人物。那巧姐怎麼解釋？與寶玉雖說實係叔嫂，但情同姐弟的熙鳳，為何排不到前面？這排序不論怎麼解釋都有未盡之處。

紅學研究別創一格的高陽提出六組論，認為十二金釵依序兩人為一組，每組兩人相互間都有強烈對比，第六組李紈與秦可卿，他以守節及淫亂為對照當然合理，但高陽認為最特別是第三組，史湘雲與妙玉分別是最親的妻室，對照最疏遠的出家人。

賈寶玉最後是否真的娶了史湘雲為妻，只是高陽及某些紅學家一廂情願的看法，由此看來六組論整體邏輯仍待考驗。

若讀者是由第一回順序閱讀，讀到第五回賈寶玉夢到各金釵時，許多金釵此時尚未登場，史湘雲在第二十回方出現，妙玉雖說十六回就已被延請入大觀園，卻遲至第四十回才有說話機會。十五人中已登場的只有：香菱、林黛玉、王熙鳳、李紈、襲人、薛寶釵、秦可卿、晴雯等八人。

此回弔詭處的還有夢中的寶玉，並未先翻正冊，由又副冊看起，這與一般人看東西的習性也不一樣，作者到底在想些什麼？

十四

作者寫姑蘇批者說是金陵，
批者說「總應十二」，
分明處處都看到的都是「十四」。

康熙皇十四子胤禎（1688-1755）後被改名允禵，清代即有人認為允禵是林黛玉，與同父同母的親兄弟雍正（薛寶釵）奪寶玉（國璽）。

栟櫚道人弘明（1705-？）為胤禎嫡子，其子為永忠。

《紅樓夢》第一回一開始描述女媧煉石，每塊石頭「**高經十二丈**（總應十二釵）、**方經二十四丈**（照應副十二釵）」之文字側，各有脂批「總應十二釵」與「照應副十二釵」之句。梨香院唱戲的齡官等是十二人，大觀園的小尼姑及小道姑亦是各十二人，作者看似處處強調「十二」之數，卻未按此鋪陳故事。

第五回是十二釵出場的正文，但不論是詩或曲，曹雪芹都給予了並不呼應「十二」的呈現。詩冊部分，賈寶玉翻了三冊，只看了十五人，卻安排釵黛兩人合畫又合詩，所以只有十四幅畫與十四首詩。

涉及書名點睛重要的紅樓夢曲，釵黛的曲仍合一而副冊及又副冊者無曲，原應只有十一首曲，作者卻為釵黛寫〈終身誤〉及〈枉凝眉〉兩首，再加上開場曲〈紅樓夢引子〉及收尾〈飛鳥各投林〉兩首，使得曲的總數也成了奇怪的「十四」首。

五十回回目雖是〈暖香塢雅製春燈謎〉卻只在最後一段，塞了三個深奧的謎語，再加上湘雲、寶釵、寶玉及黛玉四人四首詩謎。全回在探春剛要念她所寫的詩謎謎面時，被薛寶琴的十首懷古詩謎打斷。

第五十一回雖以〈薛小妹新編懷古詩〉為回目，寫完十首詩謎，衆人又說了幾句不相干的話後，就跳到襲人哥哥因母病，來接她回家，全書再也沒有文字提到這些詩謎及謎底，脂批亦毫無提示及線索。這些詩謎歷來紅學家各有謎底及解析，詩謎又共十四首。

「十四」在清初是一個敏感的數字，最熟悉的事件是雍正究竟有沒有搶奪了他胞弟，皇十四子胤禎的皇位。此外，在努爾哈赤的衆皇子中，他所屬意繼任的多爾袞，排行也是十四。

《紅樓夢》索隱派由來已久，近代紅學家們對索隱派的評價不高，自胡適倡導自傳派的新紅學，索隱派始終未被視為主流，索隱者仍一廂情願地編故事，無法以推理及證據說服大衆。

主流紅學從不認為寶玉是順治帝，全書也不像「反清復明」的血淚書。但對「未及補天彩石」的內在涵意，暗示康熙兩度廢立的太子胤礽。基於曹家特殊的家世背景，不全然被認為是為無稽之談。

與皇位擦身而過的皇十四子胤禎，站在曹家的角度，是否更似未及補天彩石。

第十四個登場的金釵

先讀又副冊？再讀副冊？
這於一個十三歲男孩的好奇心及常理都是違背的。

賈寶玉從今陵金釵的〈又副冊〉起看，看到了晴雯與襲人二人的讖詩與圖後，轉而看〈副冊〉但只看了香菱一人就不看了，最後才拿起〈正冊〉看，為何先讀又副冊？再讀副冊？這於一個十三歲男孩的好奇心及常理都是違背的。

若沒有兩個又副冊及一個副冊的女子墊在前面，十二金釵如何排到有人剛好是第十四個出場？

第十四個出場的是李紈，紅學家認為以她影射曹顒寡妻馬氏當無疑義，但讀完〈晚韶華〉曲，其中「**氣昂昂頭戴簪纓、光燦燦胸懸金印、威赫赫爵祿高登**」及「**問古來將相可還存**」等句子，都無法解釋這些形容詞與她的關聯，只好猜是賈蘭後來中了武狀元。

仔細地讀一下她的〈晚韶華〉曲，她影射的人究竟是誰？

……**氣昂昂頭戴簪纓，氣昂昂頭戴簪纓，光燦燦胸懸金印；威赫赫爵祿高登，威赫赫爵祿高登，昏慘慘黃泉路近。問古來將相可還存，也只是虛名兒與後人欽敬。**

大將軍王胤禎的西征，確實如一場夢裡功名，從曹家觀點來看，曹寅的女婿納爾蘇是西征的副將，胤禎能否接大位，應是曹氏家族、平郡王府一致的期望。

當《紅樓夢》寫到此段時，約乾隆十九年左右，離康熙去世與皇子奪位已三十餘年，這段期間雍正、納爾蘇、福彭及福彭獨子都先後去世。次年，六十八歲的胤禎，在他的親哥哥雍正駕崩二十年後去世。此時曹家已衰微貧困至極，雪芹回首前塵必是感慨萬千。

李紈在大觀園裡住在稻香村，寫詩時她自號稻香老農，如何與大將軍王相連？

紅學家蔡義江曾考得，胤禎嫡子弘明終身不仕，自號栟櫚道人，也就是穿著農夫蓑衣的修道人。乾隆元年乾隆將胤禎釋放，胤禎將他嫡孫也就是弘明這年所生的兒子命名為永忠，算是對乾隆明志交心。

永忠在乾隆三十三年看到《紅樓夢》後，寫了三首詩悼念曹雪芹，若書中沒有婉轉地將胤禎委屈道出，何來「都來眼底復心頭，辛苦才人用意搜。混沌一時七竅鑿，爭教天下不賦愁。」之句，又怎會「可恨同時不相識，幾回掩卷哭曹侯。」

栟櫚道人與稻香老農語意相同，心如槁木死灰的李紈，真的代表了恂郡王一門以嫡孫之名對乾隆的永忠嗎？

李紈
晚韶華鏡裏恩情更
那堪夢裏功名那美
韶華去之何迅再休題
繡帳鴛衾只這戴珠冠
披鳳襖也抵不了無常
性命雖說是人生莫受
老來貧也須要陰騭積
兒孫氣昂昂頭戴簪纓
光燦燦胸懸金印威赫赫
爵祿高登昏慘慘黃泉
路近問古來將相可還
存只是留得個虛名
與後人欽敬

飛鳥各投林

預測《紅樓夢》全書未完的結局，其實不必解析草蛇灰線伏千里之外的脂評，亦不必探求什麼就時真本，在曹雪芹第五次增刪的第五回中，已呈現既定的構想。

十四首曲終結尾的〈飛鳥各投林〉預告了全書的結局，如脂批所說㊀「收尾愈覺悲慘可畏」及㊁「將通部女子一總」。

此曲以〈飛鳥各投林〉為名，俞平伯將其中十二句分給了十二金釵，點出了全書食盡鳥飛，獨存白地，最後終要戲散的無奈。

以下將俞平伯的看法列出：

將通部女子一總	
為官的，家業凋零；	湘雲
富貴的，金銀散盡。	寶釵
有恩的，死裡逃生；	巧姐
無情的，分明報應。	妙玉
欠命的，命已還；	迎春
欠淚的，淚已盡。	林黛玉
冤冤相報實非輕，	王熙鳳
分離聚合皆前定。	探春
欲知命短問前生，	元春
老來富貴也真僥倖。	李紈
看破的，遁入空門；	惜春
癡迷的，枉送了性命。	秦可卿
收尾愈覺悲慘可畏	

南京文廟俗稱夫子廟，其水邊一栽有楊柳。

第七講

謎

猜謎與索隱有所不同，索隱《紅樓夢》由來已久，此派人氏是綜觀全書思索出書中某人物是隱喻現實中的某人物。猜謎則僅就書中某一謎面謎底，解讀出所喻何人或何事，歷來紅學家都著迷於猜這些謎，綜觀全書作者好謎是不爭的事實。

第一個著名的解謎者裕瑞，他說：「……所謂元迎探惜者，隱寓原應歎息四字，皆諸姑輩也。」

書中人名的隱喻更是大宗，從第一回開始就由脂批提供謎底，讓我們得知原來甄士隱與賈雨村兩人的名字，是真事隱去假語村言，甄英蓮為真應憐，家人霍啓實為禍起，賈芸舅舅卜世仁則為罵他不是人。

第五回賈寶玉在太虛幻境中所飲的茶名千紅一窟，窟隱「哭」字，所飲的酒名萬豔同杯的杯隱「悲」字，各類各種不及一一備述。《紅樓夢》中隱喻的謎語，還有藉著射覆、讖詩、花籤到所放風箏的式樣，有些是明顯的，有些是暗隱的。

第一個出場的甄英蓮，作者就藉著一僧一道送給她一個預言未來的詩。這首詩每句後都有脂批，最後兩句尤為重要：

好防佳節元宵後，

前後一樣，不直云前而云後，是諱知者。

便是煙消火滅時。

伏後文。

到清宮檔案公開後，我們才知道曹頫被革職抄家是在雍正六年的元宵節前，脂批認為作者不照實寫節前出事。也因為曹家的悲劇落幕，幾乎所有的謎都預言悲劇的結局。

一從二令三人木

這句沒有人猜透的判詞，
謎底是否簡單到只有一個「休」字？

康熙皇八子胤禩（1681-1726）曾是皇位繼承的熱門人選，得滿朝文武讚許當得起「都知愛慕此生才」句，且他生肖屬雞也符合「鳳」字。

因辦理可卿喪事而協理寧國府，王熙鳳展現了她巾幗不讓鬚眉的才華。

《紅樓夢》中無數的明示暗喻，最難解的謎首推第五回王熙鳳的判詞「一從二令三人木」這句。王熙鳳預言圖詩為：

一片冰山，山上有一隻雌鳳。其判云：

凡鳥偏從末世來，都知愛慕此生才。

一從二令三人木，哭向金陵事更哀。

找出了十一種解法的朱弦認為，迄今無令大多數人滿意的解答。多年以來紅學家對此一預言之解析，大致拆字法「三人木」三字依甲戌本脂批「拆字法」來解是個「休」字，推測作者最後的構想，王熙鳳被賈璉休，也符合下句「**哭向金陵事更哀。**」

其餘「一從二令」四字的涵義，或仍是拆字？又如何拆法？大致可分成兩派。一派認為「從」字中有五個人字，若三人成衆五人人更多，是指為衆人。二令合成「冷」字，有認為「冷」係指人名，演說榮國府的冷子興是骨董商，與賈家最後敗亡有關。冷也呼應圖中鳳棲冰山，冰山一溶無以為靠。

另一派則認為《紅樓夢》不是推背圖，愈鑽牛角尖可能答案愈不對，他們認為「令」是「閫」令，指王熙鳳對賈璉的妻管嚴，將「一從、二令、三人木」分成相連三句，實為鳳璉兩人關係的三個階段，即出嫁從夫、閫令森嚴、休回娘家。

紅學家馮其庸同意此說，評此句「難確知其涵義。或謂賈璉對王熙鳳態度變化的三個階段：始則聽從、續則使令、最後休離。」

趙同《紅樓猜夢》一書中認為此句十分單純，不能分開來看，字面「從令休」三字即為謎底。他猜夢的構架中，王熙鳳是影射皇八子胤禩，此句指雍正四年一月胤禩「奉令休妻」的真實歷史事件。見《清史稿》所載雍正四年正月「辛酉（廿八日）革胤禩婦烏雅氏福晉，逐回母家。」烏雅氏為誤，實為郭絡羅氏，其外公為岳樂，從小生活在宮中嬌生慣養，康熙都說過「胤禩素受制於妻」的話。她既未育生子女也不准胤禩納妾，經康熙訓誡她後，胤禩才得有二妾，替他生了一子弘旺，還有一女。這位嫡福晉的個性及命運，與書中王熙鳳還真神似。

姑且不論猜夢是否得當，若可猜得更遠一點，雍正封胤禩和碩廉親王，此「廉」與賈璉的「璉」是否有關聯，而胤禩生於康熙廿年歲次辛酉，酉年屬雞正是凡鳥的鳳。

紅樓謎語中迄今無人能解是王熙鳳的「一從二令三人木」，鳳姐是一個狠角色，但曹雪芹在〈紅樓夢曲〉給了她「機關算盡太聰明，反算了卿卿性命……」的評語。

製燈謎悲讖語

這回曹雪芹並沒寫完就去世了，回末有「暫記寶釵謎面」一則，是全書最悲傷哀淒的七言律詩。

康熙年瓷器上的荔枝圖。

暂记宝钗製谜云

朝罷誰携两袖烟　琴边衾裡揔無缘　晓籌不用人雞報
五夜無煩侍女添　焦首朝朝还暮暮　煎心日日復年年
光陰荏苒須当惜　風雨陰晴任变迁

此回未成而芹逝矣嘆嘆　丁亥夏畸笏叟

畸笏丁亥夏（乾隆卅二年）在廿二回卷末批了「此回未成而雪芹逝……」並暫記了雪芹為寶釵所寫的謎面，這首淒厲的七言律詩，寫盡了寶釵的寂寞與辛酸，謎底是「更香」。為古時時鐘不普遍，焚有刻度的香計時。

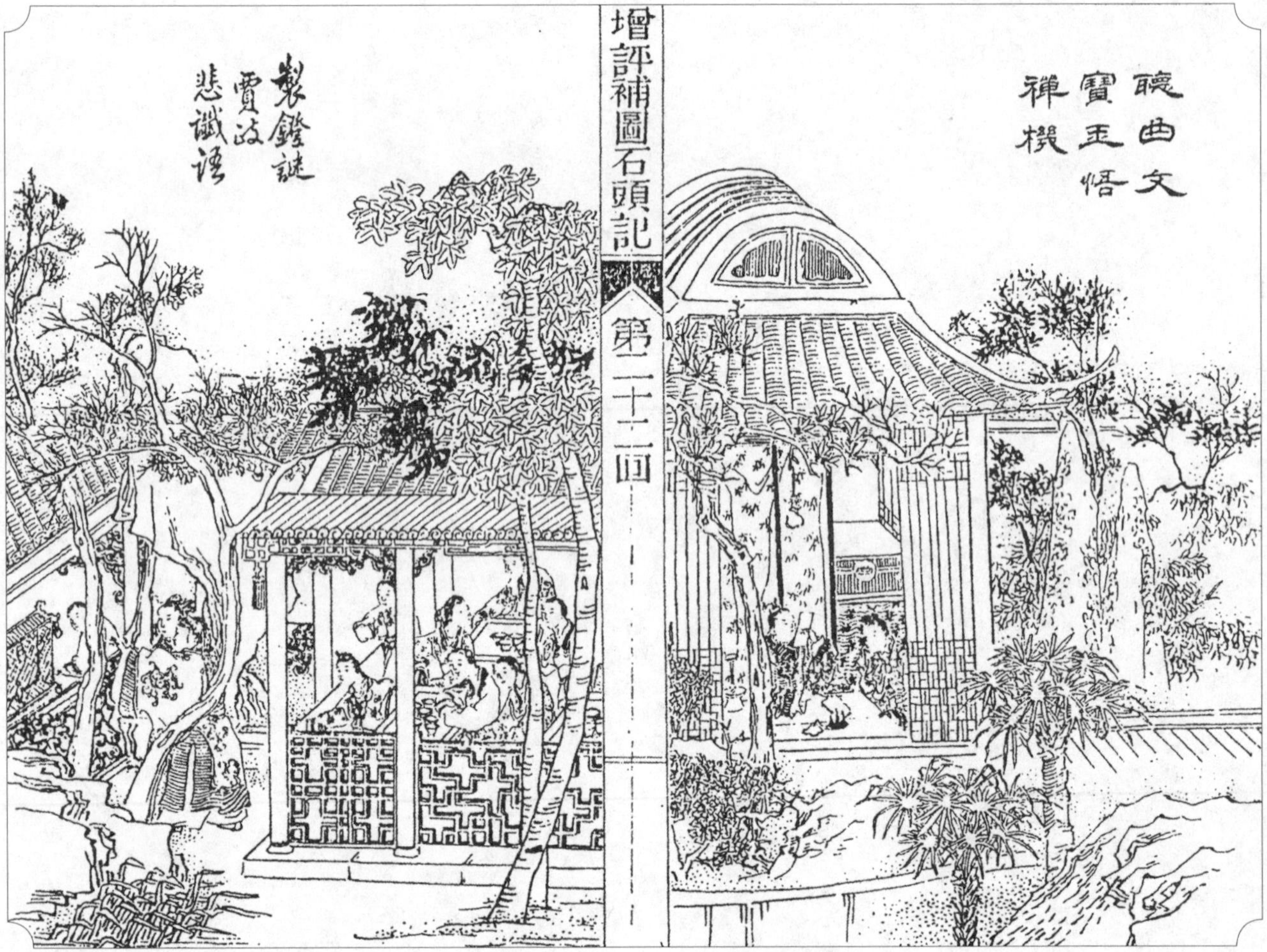
聽曲文寶玉悟禪機
增評補圖石頭記
第二十二回
製燈謎賈政悲讖語

第廿二回〈製燈謎賈政悲讖語〉是賈府元宵節製謎及猜謎的活動，回目既是製燈謎悲讖語，此回燈謎必是暗示了製謎者未來的悲劇命運，若不討論賈環被元妃退回的不通之謎，庚辰本與程本不同，參與者只有賈母、賈政、元春、迎春、探春及惜春六人。

六人的謎語除有謎底外，還有脂批協助讀者了解，這些謎語背後作者想透露的真正意涵。

賈母的荔枝謎面中提到猴子，脂批提出曹寅常說「所謂樹倒猢猻散是也」語句，是否曹寅對曹家未來的竟是一語成讖，批者應是深深體會到了這種無奈。

所謂樹倒猢猻散是也

賈政所製的謎底是硯臺，脂批「包藏賈府祖宗自身」此硯是否即脂硯？或是賈家祖傳之硯，不得而知。

包藏賈府祖宗自身

元妃炮竹謎下有「纔得僥倖奈壽不長」批語，暗示元春晉封貴妃後早逝，而探春風箏謎下有「此探春遠適之讖也，使此人不遠去，將來事敗諸子孫不致流散也。」

纔得僥倖奈壽不長
此探春遠適之讖也 使此人不遠去 將來事敗諸子孫不致流散也

脂批提出以風箏代表遠嫁，謎面中有「怨別離」三字，自是不忍別離。紅學家配合六十三回花籤的預言，以探春抽得「**得此籤者必得貴婿**」之句，除了暗示她將成為家中第二個王妃，符合《永憲錄》提到曹寅兩個女兒都貴為王妃，一些紅學家認為探春遠嫁，所嫁的地方是西域或海外等等。

若元春、探春兩姐妹的原型，有曹寅兩個女兒的影子，如曹寅呈康熙奏摺所述，已為二女兒及身為侍衛的女婿在東華門外購屋，探春並無遠嫁到海外。

東華門為皇城之東門，門外即今北京飯店一帶，由此到曹家北返後所住的崇文門外，是步行可到的近距離。看來這段脂批正是在敘述，因曹家二小姐由江寧遠嫁到北京，與被抄家後北返的家人不致失散。

可惜這回曹雪芹並沒寫完，庚辰本寫到惜春謎面為止，回後有署丁亥夏畸笏叟「此回未完而芹逝矣！嘆嘆。」之句。回末還有七言律詩的「暫記寶釵謎面」一則。

此回未完而芹逝矣 嘆嘆
暫記寶釵謎面

其他稍後的抄本，有傳抄者已補了一大段文字，內容包括：揭曉惜春的謎底是佛前海燈，把哀怨憂傷的寶釵詩謎給了林黛玉，另擬一個粗俗的竹夫人謎給寶釵，及加了一堆賈政的悲讖語。

此段文字當是曹雪芹去世前改寫的片段，才可能是未寫完作者已逝，這些謎與他最後構想的結局，應是相關聯的。

東華門外是南池子，曹寅替他二女兒及當侍衛的女婿在此購屋居住，這位曹二小姐被認為是書中探春。

薛小妹的十個謎語，其中廣陵懷古以大運河的揚州段河堤上的楊樹，延伸曹家的興衰與南巡接駕的虧空難彌。

暖香塢的春燈謎

每人的謎面是每人的人生嗎？
寶玉名利猶虛？
寶釵的梵塔？黛玉人生如走馬燈？

《紅樓夢》繼第廿二回後，五十回〈暖香塢雅製春燈謎〉再度製謎猜謎。回末李紈、李紋、李綺三姐妹，承賈母之命編了一些燈謎，寶釵認為太過艱深，於是湘雲編了個剁掉尾巴要猴的謎，有脂批「句句緊扣寶玉」謎面是「**溪壑分離，紅塵遊戲，真何趣？名利猶虛，後事終難繼。**」此詩謎像是寶玉的人生嗎？

《紅樓夢》許多讖詩、謎語，沒有一條預言賈寶玉。湘雲這個謎，衆人所猜和尚、道士及偶戲人，雖未猜中，但和尚等確是作者計畫中寶玉的未來。李家三姐妹與湘雲的燈謎詩，都交代了謎底。作者早期布局此回，極可能是寫到此就結束了。

全書增刪後，寶釵、寶玉及黛玉也分別編了燈謎詩，書中卻無謎底。歷來試著解謎大有人在，亦有認為這三首詩非雪芹所做。

寶釵的謎，紅學家周春認為是風箏，有人認為是梵塔或松果似較合理。謎面是：

鏤檀鍥梓一層層，豈係良工堆砌成。雖是半天風雨過，何曾聽得梵鈴聲。

黛玉的謎底周春認為是走馬燈，騄駬是周穆王的名駒，也有人認為是忠犬。謎面是：

騄駬何勞縛紫繩，馳城逐塹勢猙獰。主人指示風雷動，鰲背三山獨立名。

兩謎謎底均無定論，至於寶玉的謎，多數紅學家認為是風箏。謎面是：

天上人間兩渺茫，琅玕節過謹隄防。鸞音鶴信須凝睇，好把欷歔答上蒼。

從燈謎的字面看來，第一句似是形容風箏在天而人在地，風箏最後須剪斷線，確是天上人間兩渺茫。第二句琅玕泛指翠竹，而風箏用竹片為骨。鸞與鶴都是鳥，鸞音鶴信原指來自天上的訊息。整句符合發出哨音的紙鳶，似將自己悲痛的心境告述蒼天，如最後一句「好把欷歔答上蒼」。

紅學家馮其庸認為無解的三首謎詩，都是述說三人自身命運。

紅學家蔡義江認為琅玕有美石的意思，是未能補天通靈寶玉的原型，琅玕也是瀟湘館前的翠竹，而天上人間比喻死別，此兩句似痛悼黛玉夭亡。

緊接著五十回後，五十一回前還有十個未解之謎，到七十回末亦有突然轉折為放風箏一大段文字，包括廿二回末都是作者最後增刪的構想，都是想預告衆人的未來。

五十回無謎底的謎語中，寶釵的謎底是松果的認同度頗高，看到雍和宮中此一「鏤檀鍥梓一層層」的宗教法器，是否更似謎底。

薛小妹的未解謎

十首懷古詩是如蔡義江所說的大觀園錄鬼簿，及曹家整體的悲歌？

楊樹與柳樹是兩種植物，都屬於楊柳科，前者為楊屬、後者為柳屬，所謂水邊的楊柳是水柳，兩者都會在春天開花飄絮。

五十一回〈薛小妹新編懷古詩〉一開始，即列出十首懷古詩，十個地點依序為赤壁、交趾、鍾山、淮陰、廣陵、桃葉渡、青塚、馬嵬、蒲東寺、梅花觀。與前回三謎一樣沒有謎底，隨即「**大家猜了一回，皆不是。**」突然故事中斷，轉到別的話題。

歷來想要解此十謎者眾多，周春猜桃葉渡懷古為團扇、梅花觀為秋牡丹，而徐鳳儀、王希廉都猜梅花觀為紈扇，紈扇是共識較多的謎底，以它為例：

不在梅邊在柳邊，個中誰拾畫嬋娟。團圓莫憶春香到，一別西風又一年。

紈扇是夏天使用，畫有美女且秋天收起，一年後才會再用，至於春香是牡丹亭中的丫鬟，梅花觀是杜麗娘所葬之地。

蔡義江以牡丹亭象徵黛玉，認為謎底是大觀園的「錄鬼簿」哀歌。名曰懷古、實則悼今，說是燈謎，實是人生之謎。他以第一則赤壁懷古是曹軍大敗，為曹家衰亡的總說。

赤壁沉埋水不流，徒留名姓載空舟。喧闐一炬悲風冷，無限英魂在內遊。

其餘九人為元春、李紈、王熙鳳、晴雯、賈迎春、香菱、秦可卿、金釧和林黛玉。

第五首〈廣陵懷古〉的謎底楊樹，亦是較有共識的一謎。

蟬噪鴉棲轉眼過，隋堤風景近如何？只緣占得風流號，惹出紛紛口舌多。

有蟬噪鴉棲是樹無疑，隋堤大運河廣陵段河堤，上植楊樹。所謂水性楊花此樹用「風流」兩字亦得當。廣陵隋朝始稱揚州，煬帝南巡動員十數萬人遊揚州，水上舟船相銜二百餘里，挽船壯丁八萬餘，兩岸騎兵護送旌旗如林，是否藉此暗諷窮極侈靡的康熙南巡。

就地名來分析：赤壁喻曹家、交趾是南越國。鍾山、淮陰、廣陵與桃葉渡，都在南京的範圍內。青塚與馬嵬是傳說王昭君與楊貴妃葬身之地，一在北一在西，蒲東寺與梅花觀是〈西廂記〉與〈牡丹亭〉裡的虛構場景。

十首懷古詩詞悲氣哀，整體而言在哀悼曹家的悲劇。曹家原本就可算是曹操的後代，敦誠有〈寄懷曹雪芹——霑〉的長詩，有其首段「少陵昔贈曹將軍，曾曰魏武之子孫，君又無乃將軍後，於今環堵蓬蒿屯。」可證。

曹寅死在揚州，晚年所憂正是南巡的虧空難彌，而南京是曹家活躍的舞臺，體會生離死別，上演如戲的人生。

箏、爭、禛、禎

箏、爭、禛、禎這四個同音不同意的字，是否作者想藉著風箏，敘說原名胤禎的胤禵，與其親兄弟胤禛，曾經爭奪帝位。

七十回是極混亂的一回，回目上半〈林黛玉重建桃花社〉但桃花社被探春過生日的活動打斷，只寫黛玉的桃花詩。回目下半〈史湘雲偶填柳絮詞〉雖說重要主角都填了柳絮詞，卻在大家正在賞析寶釵柳絮詞佳句「**好風頻借力，送我上青雲。**」時，突然「……**一語未了，只聽窗外竹子上一聲響，恰似窗屜子倒了一般……簾外丫鬟嚷道『一個大蝴蝶風箏掛在竹梢上了。』**」

回目全無提及的風箏，非常突兀地登場，這段放風箏的情節，亦似作者最後添寫的。

突然從天掛下的大蝴蝶風箏，引發起眾人在暮春時分放風箏的興致。除了大蝴蝶外，書中還出現了形貌完全不同的七種風箏，有美人、鳳凰、魚、螃蟹、蝙蝠、雁及喜字。

依序最先小丫頭們拿來的美人風箏，探春的軟翅子大鳳凰，這時賈寶玉卻發現自己想放的大魚已被晴雯前一天放走了，另一個大螃蟹又被賈環拿去了，只好放林大娘才送來的美人風箏。薛寶琴的風箏是大紅蝙蝠，寶釵則是一連七個大雁。

王關仕認為柳絮象徵眾人離散，而放風箏是離散的順序。各人所放風箏，似暗示了施放者未來命運。如螃蟹喻賈環的橫行、紅蝠是宏福，寶琴的未來要比寶釵幸運，七個大雁是有停機德的寶釵，如樂羊子妻一樣要苦守七年。填柳絮詞的主角湘雲，卻在放風箏的場合中消失。明顯兩段文字是不同時間所寫，幾段是謎非謎的預言，似乎都與湘雲無關。

若看得更簡單，七與妻是同音字，雁又是古禮納采必備之物，或可以說暗示賈寶玉終將娶寶釵。而寶玉與林黛玉放相同的美人風箏，可喻為寶玉內心與黛玉最相似，寶玉的美人風箏嘗試多次卻放不起來，眼睜睜看著黛玉的風箏獨自斷線飄走，自是寶黛兩人命運境遇的寫照。

弔詭的是探春的大鳳凰風箏，與另一隻鳳凰風箏，還夾著作者說是不知何處飛來，另一個帶著響鞭的喜字風箏，這三個風箏究竟代表什麼？文中關於這個風箏描述最多：

……探春正要剪自己的鳳凰，見天上也有一個鳳凰，因道：「這也不知是誰家的。」眾人皆笑說：「且別剪你的，看他倒像要來絞的樣兒。」說著，只見那鳳凰漸逼近來，遂與這鳳凰絞在一處。眾人方要往下收線，那一家也要收線，正不開交又見一個門扇大的玲瓏喜字帶響鞭，在半天如鐘鳴一般，也逼近來。眾人笑道「這一個也來絞了。且別收，讓他三個絞在一處倒有趣呢。」說著，那喜字果然與這兩個鳳凰絞在一處。三下齊收亂頓，誰知線都斷了，那三個風箏飄飄搖搖都去了……

這段兩隻鳳凰纏鬥的長篇大論，究竟代表什麼？風箏從《紅樓夢》第五回探春的預言登場，經二十二回探春的謎面到七十回止，在被公認隱藏了許多故事脈絡及結局線索的這幾回中，風箏與探春一直糾纏在一起。

過去紅學家對探春的注意不多，認為這些預言只是為了說明，她生日在放風箏的清明時分，以及她遠嫁如風箏斷線。七十回言明她生日為三月初三，符合清明前後的說法，只是她並不是第五回畫中，因遠離而在船中涕泣的女子，而是圖中放風箏的兩人之一。那麼誰是船中女子？她又為何泣涕？

第五回探春有〈分骨肉〉曲名，雖說遠嫁是是骨肉分離，套在探春身上並不相宜。〈分骨肉〉三字實係雍正留給後世最深刻的印象，翰林院檢討孫嘉淦曾公開上書要皇帝親骨肉，沒有分骨肉何需親骨肉？

再參看五十五回，探春對親生母親趙姨娘的一段話「**誰是我舅舅，我舅舅年下纔陞了九省檢點……**」雖是探春尊嫡稱王子騰為舅，但雍正即位封佟皇后弟隆科多為舅舅，令親娘德妃大怒，看來探春更像雍正。

若不從字義而由字音看風箏，箏與爭兩字音一致，而字型接近。將探春與「爭」字聯想，就是天上另一個鳳凰風箏。兩個相交纏的鳳凰風箏，所爭的究竟是什麼？鳳凰是鳥中之王，所爭的是王位嗎？那第三個纏上來的喜字風箏，難道是玉璽？

最後，曹雪芹最愛用「同音」字，雍正的名字為胤禛，而皇十四子改名胤禵前的原名為胤禎，兩個字的音都是「箏」。

汪圻所繪放風箏圖，只見蝴蝶風箏與七十回描寫不符，蝴蝶風箏是掉進大觀園掛在竹梢，引發了眾人放風箏。

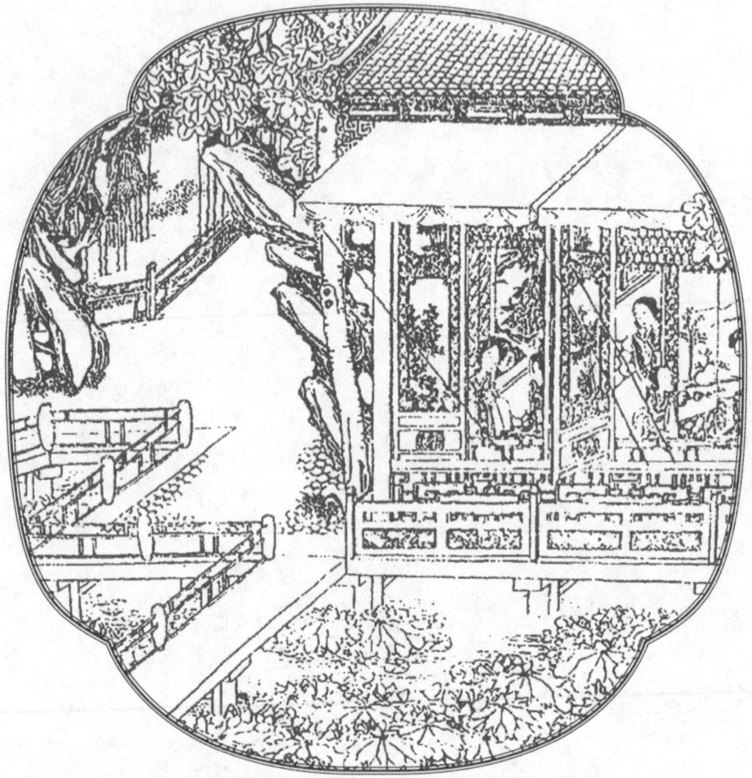

第八講

大觀園

大觀園清楚地呈現在《紅樓夢》第十七回〈大觀園試才題對額〉中，這回賈寶玉奉父親賈政之命，對大觀園幾處重要的所在命名。全程的描述非常仔細，卻沒有說明左右東西，因而許多悉按書中文字繪製的大觀園平面圖，不論北京大觀園或其他學者的研究，仍是有所差異。

我們可隨著賈寶玉的腳步看一遍，大觀園究竟是怎樣的一座花園：

大觀園中隨處都是奇花異石，亭臺樓閣。第三十一回描寫端陽節夜晚，賈寶玉在怡紅院讓晴雯撕扇子博她一笑，汪圻繪下怡紅院景。

入口——曲徑通幽處正門五間上面桶瓦泥鰍脊，那門欄窗槅，皆是細雕無朱粉塗飾；一色水磨群牆，下面白石臺磯，鑿成西番草花樣。左右一望皆雪白粉牆，下面虎皮石，隨勢砌去，開門只見迎面一帶翠嶂擋在前面。往前一望，見白石峻嶒或如鬼怪、或如猛獸縱橫拱立，上面苔蘚成斑，藤蘿掩映，其中微露羊腸小徑。透迤進入山口。抬頭忽見山上有鏡面白石一塊，正是迎面留題處。

沁芳——沁芳亭進入石洞來只見佳木蘢葱，奇花爛灼，一帶清流從花木深處曲折瀉於石隙下。再進數步，漸向北邊，平坦寬豁，兩邊飛樓插空，雕甍繡檻皆隱於山坳樹杪之間。俯而視之則清溪瀉雪，石磴穿雲，白石為欄，環抱池沿，石橋三港，獸面銜吐，橋上有亭。寶玉道：「沁芳」二字，豈不新雅。

有鳳來儀出亭過池，一山一石一花一木，莫不著意觀覽。忽抬頭看見前面一帶粉垣，裡面數楹修舍，有千百竿翠竹遮映。入門便是曲折遊廊，階下石子漫成甬路。上面小小兩三間房舍，一明兩暗。從裡間房內又得一小門出去，則是後院，有大株梨花兼著芭蕉。後院牆下忽開一隙，得泉一派，開溝僅尺許，灌入牆內繞階緣屋至前院，盤旋竹下而出。寶玉道：「這是第一處行幸之處，必須頌聖方可。莫若『有鳳來儀』四字。」

杏帘在望——稻香村一面說，一面走，倏爾青山斜阻。轉過山懷中，隱隱露出一帶黃泥築就矮牆，牆頭皆用稻莖掩護。有幾百株杏花，如噴火蒸霞一般。裡面數楹茅屋。外面卻是桑、榆、槿、柘各色樹稚新條，隨其曲折，編就兩溜青籬。籬外山坡之下有一土井，旁有桔槔轆轤之屬。下面分畦列畝，佳蔬菜花，漫然無際。引人步入茆堂，裡面紙窗木榻，富貴氣象一洗皆盡。寶玉道：就用稻香村。

蓼汀花漵轉過山坡，穿花度柳，撫石依泉。過了荼蘼架，再入木香棚，越牡丹亭，度芍藥圃，入薔薇院，出芭蕉塢，盤旋曲折。忽聞水聲潺湲，瀉出石洞，上則蘿薜倒垂，下則落花浮蕩。

寶玉道：莫若「蓼汀花漵」四字。

蘅芷清芬攀藤撫樹過去，只見水上落花愈多，其水愈清，溶溶蕩蕩，曲折縈紆。池邊兩行垂柳，雜著桃杏，遮天蔽日，真無一些塵土。忽見柳蔭中又露出一條折帶朱欄板橋來。度過橋去，諸路可通，便見一所清涼瓦舍，一色水磨磚牆，清瓦花堵。那大主山所分之脈，皆穿牆而過。

步入門時，忽迎面突出插天的大玲瓏山石來，四面群繞各式石塊，竟把裡面所有房屋悉皆遮住，而且一株花木皆無。只見許多異草，或有牽藤的，或有引蔓的，或垂山巔，或穿石隙，甚至垂檐繞柱，縈砌盤階，或如翠帶飄颻，或如金繩盤屈，或實若丹砂，或花如金桂味芬氣馥，非花香之可比。見兩邊俱是抄手遊廊，便順著游廊步入。只見上面五間清廈連著捲棚，四面出廊，綠窗油壁，更比前幾處清雅不同。

寶玉道：匾上莫如「蘅芷清芬」四字。

天仙寶境行不多遠則見崇閣巍峨，層樓高起，面面琳宮合抱，迢迢複道縈紆，青松拂檐，玉欄繞砌，金輝獸面，彩煥螭頭。這是正殿了！只見正面現出一座玉石牌坊來，上面龍蟠螭護，玲瓏鑿就。才遊了十之五六，至一大橋前，見水如晶簾一般奔入。原來這橋便是通外河之閘，引泉而入者。

對於牌樓有「蓬萊仙境」的提議，當場沒有決定，等元妃到此時，已題了「天仙寶境」，最後被元妃改為較低調的「省親別墅」。一路下去的清堂、茅舍、佛寺、道房、方廈、圓亭，賈寶玉、賈政等一行人都沒進入。

紅香綠玉忽又見前面又露出一所院落來，一徑引人繞著碧桃花，穿過一層竹籬花障編就的月洞門，俄見粉牆環護，綠柳周垂。一入門兩邊俱都是遊廊相接。院中點綴幾塊山石，一邊種著幾本芭蕉，那一邊乃是一棵西府海棠，其勢若傘，絲垂翠縷，葩吐丹砂。

寶玉以此處蕉棠兩植，暗蓄紅綠兩字，而題紅香綠玉。

爾後，有鳳來儀成了瀟湘館，蘅芷清芬成了蘅蕪苑，紅香綠玉成了怡紅院，加上稻香村，此四處是大觀園的中心。

一九八四到一九八九年間，為了拍攝電視連續劇《紅樓夢》，經專家按書中描述指導，在北京城南修建大觀園，不久上海也建了大觀園。南京市的手筆更大，二〇〇八年八月完工的江寧織造博物館，是在市中心江寧織造舊址上重建，規模為當年四分之一，主要是織造府西花園、萱瑞堂、楝亭等。

大觀園究竟是以曹雪芹曾見過，或生活過的庭園為原型，或僅只是想像世界，是爭論的話題，我們就一個一個來檢驗。

劉姥姥在妙玉處品茶，汪圻繪。

隨園

雪芹撰《紅樓夢》一部，
備記風月繁華之盛，
中有所謂大觀園者，
即余之隨園也。
——袁枚《隨園詩話》

袁枚生於康熙五十五年，算是與曹雪芹同時代的人，又因他做過江寧縣令，後人甚看重他對《紅樓夢》的意見。但這段話最後兩句較早的刻本上並無，疑為其後人所增添。

富察明義有名的二十首〈題紅樓夢〉組詩的序中，寫「曹子雪芹出所撰《紅樓夢》一部，備記風月繁華之盛。蓋其先人為江寧織造，其所謂大觀園者，即今隨園故址……」富察家與曹家有姻親關係，明義似見過雪芹，使相信此說者大有人哉。

裕瑞也說過「聞袁簡齋家隨園，前屬隋家者，隋家前即曹家故址也，約在康熙年間。書中所稱大觀園，蓋假託此園耳。」

袁枚乾隆十四年寫的〈隨園記〉亦有「康熙時，織造隋公當山之北巔，構堂皇……號曰隋園。」句，只是隋赫德接任江寧織造在雍正六年，這點錯誤胡適已指出，但胡適因隋赫德是接下曹頫的織造位置，所以他也認為大觀園的原型在此，說「我們考隨園的歷史，可以信此話不是假的。」

隨園一說為原明末吳應箕的焦園，另一說在清涼山一帶。究竟隋赫德是接收雍正所賜曹家十三處住房的一部分，還是他另購不得而知。

隋赫德只當了極短時間的江寧織造，雍正十年被革退，賦閒住在北京，因想走曹家女婿老平郡王的路子復出，七十高齡還被雍正罰往北陸軍臺效力贖罪。

隨園在袁枚任江寧知府時買下，當時小倉山上是園傾花蕪，經他斥資修建江樓溪亭，全園始初具規模。後來袁枚的詩作描繪園中一丘一壑、梅花成海、綠竹過牆及嵌壁玻璃等勝景，都讓人想起大觀園。

只是隨園在江寧城內，海拔九十公尺的清涼山上，詩中景點大都是乾隆三十三年，袁枚第三度整建隨園後所增，此時曹雪芹已去世多年，怎可能是大觀園的原型。袁才子的一番話，掀起了紅學界對大觀園究竟是那裡的論戰。這些地點有南、有北，有花園、也有王府，就是沒直接的證據。

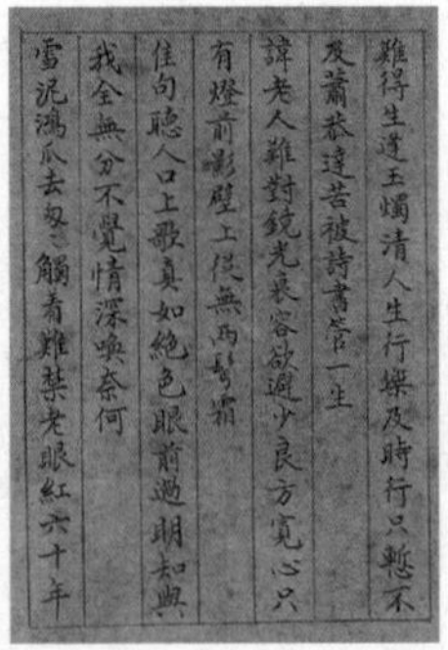

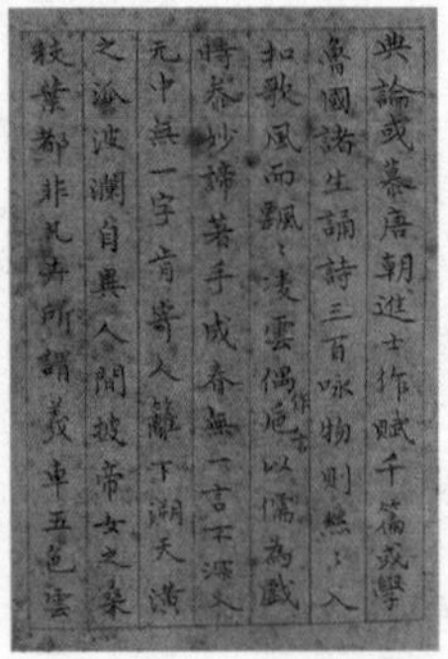

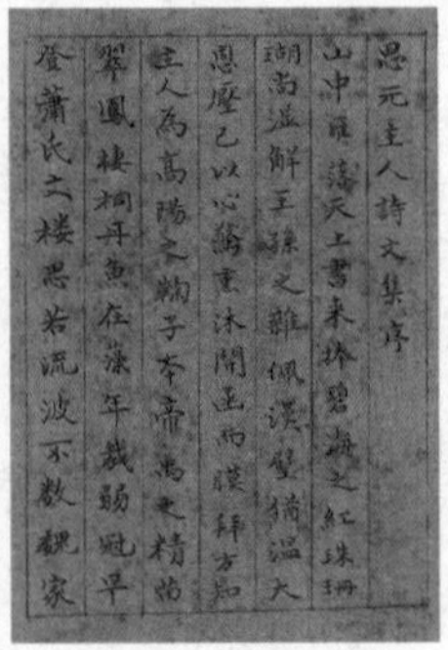

袁枚為清乾隆年間之才子，善文善詩外又懂得吃，亦寫一筆好字。

隨園詩畫的插圖。

袁枚（1716-1798）於乾隆十三年辭官購得隨園為閒居之所。其後人袁起在同治四年（1865）繪隨園圖，此為太平天國滅亡後的一年，其題字說明此園已在咸豐年間毀於太平天國戰火。

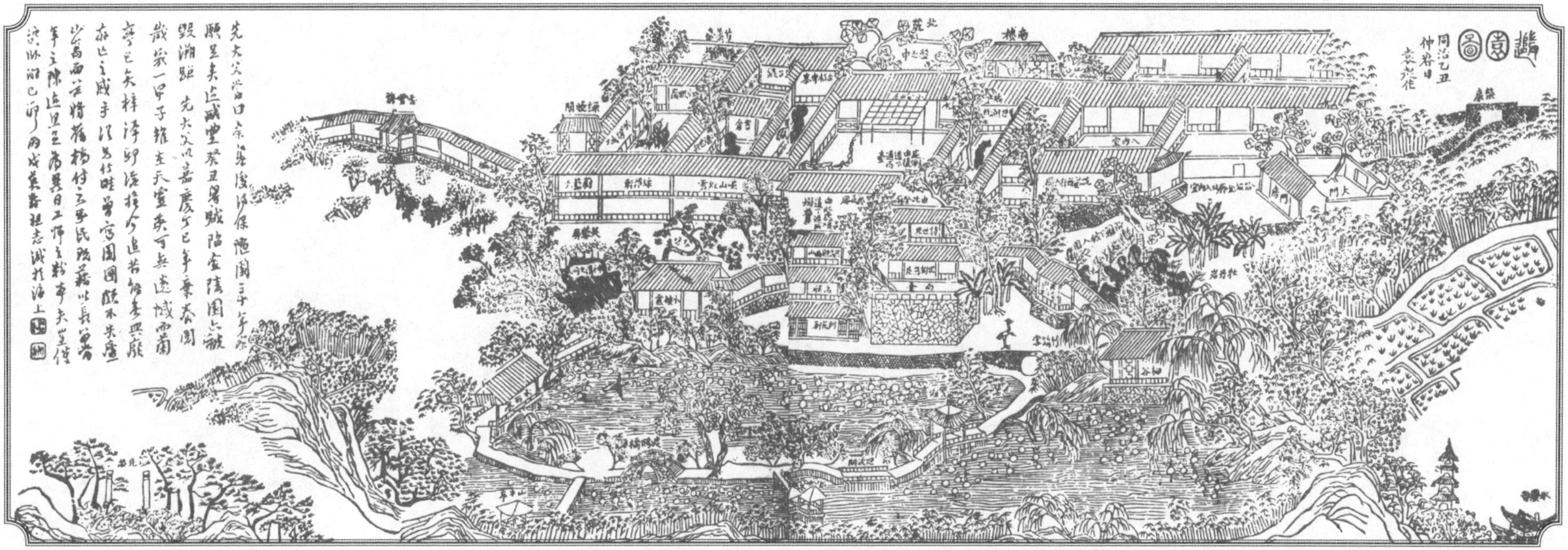

江寧織造

紅學最真實的，是曹雪芹生於曹家江寧織造任內，這裡也是康熙南巡駐蹕所在。

聖旨所用裱褙的綾布亦由江寧織造負責。

在江寧織造署上，興建江寧織造博物館。

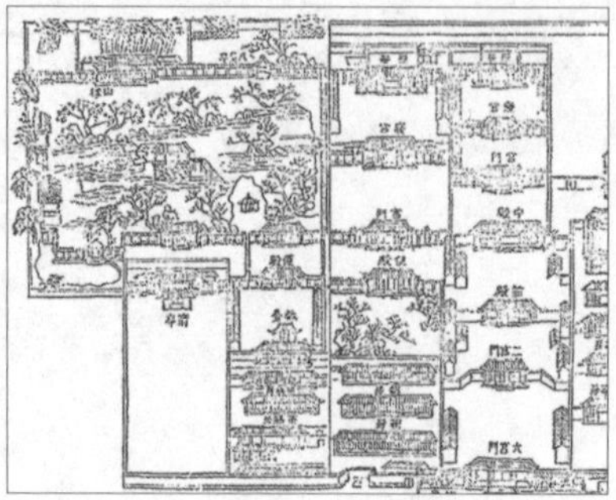

乾隆年間改江寧織造署為江寧行宮，行宮花園即昔日曹寅的西花園。

江寧織造專門負責皇帝龍袍等重要織品，所有圖案均經過特殊設計，以兩人一組之織機織成。

江寧織造署建於順治二年，是規模最大、品級最高的皇家絲織公署。曹家三代四世擔任近六十年的江寧織造，且康熙第三、四、五、六次南巡皆駐蹕於此。

趙岡認為大觀園實是接駕的江寧織造花園，為此趙岡與余英時還掀起過筆戰，余英時認為大觀園是作者所創理想世界，並未以中國南、北的任何一個園林為藍本。

讓趙岡深信的就是一個「西」字，因曹寅號「西堂掃花行者」，而江寧織造花園也正有西園，脂批多處暗示，作者不用西字，是怕批者落淚悲痛。

乾隆十六年南巡改此處為江寧行宮，舊時全圖見乾隆《南巡盛典》中，花園在行宮西北角，花園林木、假山與水池的位置甚難變動，應接近曹寅在日面貌。

水池約占一半面積，入口在東南，南北園牆有迴廊。園內並無多幢可供居住的院落，趙岡所謂「其院宇花園的規模及配置，很類似書中的大觀園。」似有誇大。

多年前南京市開挖考證了在大行宮小學東南角的地下，是江寧織造署的西花園所在。爾後規劃約原面積四分之一區域為江寧織造博物館，雖然這是一處完全重建的博物館，在曹雪芹的生卒年，及大觀園在哪裡都尚未確定的時刻，至少這個地點確是江寧織造署。不論這個花園是不是大觀園的原型，這裡仍有歷史空間的重要性。

昔江寧織造署，即今南京大行宮地區利濟巷一帶。

蘇州織造府　拙政園　留園

即使沒有任何證據，讀者仍覺得，大觀園應是以蘇州庭園為藍本寫出來的。

蘇州拙政園被傳說是大觀園的雛型。

拙政園側忠王府。

精緻的蘇州留園，亦被傳說是大觀園的雛型。

看《紅樓夢》中描述的建築物及庭園，感覺建築似是北方王府，而大觀園粉牆黛瓦、假山疊石及苔蘚成斑，藤蘿掩映的植被，是蘇州庭園才能達到的意境。

曹寅擔任過短暫的蘇州織造，康熙三十二年李煦由暢春園總管調任蘇州織造，一直做到康熙去世他被抄家為止。許多紅學家都認為蘇州李家與曹家關係密切，研究紅學不可忽視李家，或以脂硯齋為李煦之子李鼎。

蘇州織造府一樣是康熙南巡時駐蹕所在，同時也有庭院，會是大觀園嗎？

蘇州是崑曲的原鄉，康熙卅二年的朱批，顯示康熙派名師南下蘇州教習，被認為與大觀園中有齡官等十二個唱戲的女子相似。只是蘇州織造府目前已成了蘇州第十中學，庭院模樣無跡可尋。

有紅學家認為大觀園在蘇州的原型當屬拙政園。拙政園為元大弘寺遺址，造園始於明正德年間，御史王獻臣辭官歸隱，以「灌園鬻蔬……此亦拙者之為政也。」命名拙政園。

康熙、雍正年間，此處為官署，太平天國時，部分為忠王府。目前拙政園的規模，大多由光緒三年接手的富商張履謙所建，實不能以目前所見的拙政園比附大觀園。

與拙政園同屬蘇州名園的留園，位於閶門外，有《紅樓夢》的地緣關係，也會被認為是大觀園的原型。留園建於明萬曆年間，稱東園。後因戰亂荒蕪多時，到嘉慶年間始重建後稱劉園，又毀於太平天國，目前的規模係光緒二年改建方以留園為名。

拙政園及留園，在時間及空間上，不論曹雪芹小時是否去過蘇州，中年有無短暫回江南應聘，都不會看到目前盛景的拙政園及留園。

蘇州拙政園被傳說是大觀園的雛型。

後海 恭王府花園

大觀園在北方的諸多地點，以恭王府花園傳說最早，也是最不可能的地點。

紅樓索隱有和珅家說，和珅舊邸恭王府花園被認為就是大觀園。

恭王府花園，一進門有假山內又有戲臺、迴廊布局與大觀園非常相像。恭王府原為和珅邸園，和珅治罪後嘉慶將此宅第給他的弟弟永璘，咸豐二年改由恭親王奕訢獲賜。

晚清的《譚瀛室筆記》以和珅少子名玉寶，有寵妾二十四人，如正副十二釵，有名襲姬、倩霞的正似襲人、晴雯，因而《紅樓夢》索隱派有和珅說。

和珅說雖是有多處巧合之處，但這一說是無法成立的。和珅生於乾隆十五年，廿五歲始入仕，此時曹雪芹已去世至少十年了。雖此府第建成於乾隆末年和珅得勢後，當地的老百姓仍相信大觀園就是這裡，他們認為後海這一帶原非荒原，元代是京杭大運河漕運終點，屬熱鬧街市。明弘治年為專權太監李廣宅邸，他並盜引玉河之水穿經其園，符合大觀園用原北拐牆角會芳園引來活水。

即使曹雪芹住過附近的大翔鳳胡同傳說為真，李廣死於一四九八年，到雪芹寫書的乾隆年間，已有兩百餘年之遙，此處早就園蕪屋圮無影無蹤了。

現在的恭王府包括宅第及後花園萃錦園，園內的建築迴廊均以蝙蝠為飾，傳說和珅以明蝠暗蝠近萬個蝙蝠象徵萬福。萃錦園中的西洋門及有江南特色的園景，都是奕訢入住後所增建。入西洋門後，以高五米名獨樂峰的太湖石為屏障，石後第一進有蝙蝠狀水池名蝠池，上有石砌渡鶴橋，可能是讀了《紅樓夢》的靈感。四周有榆樹，春末花落池中，因榆夾稱榆錢，蝠池是聚寶盆。

第一進院落是蝠池後安善堂，為接待賓客飲宴所在。其後接第二進院落，中有太湖石山名滴翠岩，上為邀月臺賞月之所，邀月臺的兩側有梯廊下接迴廊，傳說快步奔上可加官晉爵。山下石洞名為祕雲，洞中還刻有康熙御筆的福字碑。山後有書齋，其建築平面如蝙蝠展翼稱為蝠廳，命名布局這麼俗氣的地方，怎麼可能是大觀園？

花園還有十餘處亭臺樓閣，最大的是東北大戲樓與西側的大水池湖心亭。雖然時空完全不對，還是有人認為此處一前一後，一高一低兩個院落就是大觀園中的凸碧山莊與凹晶溪館。

恭王府花園早已對外開放，恭王府舊宅也已整修完成，未來也可能繼續被誤認為榮寧兩府。

恭王府花園內有渡鶴橋及仿瀟湘館的竹林，至少是完成於乾隆末年，沒有機會成為大觀園的原型。

清漪園 圓明園

大觀園是恭王府花園無法成立後，主張大觀園在北方者認為，屬於皇家園林的圓明園與清漪園都有可能。

清漪園是頤和園的前身，建於乾隆十五年，不太可能是大觀園的原型。

以紅樓故事為主題的彩繪。

較之恭王府，圓明園是有時間上的優勢，此處明代即為私家園林，康熙四十八年時成為皇四子胤禛的賜園，此時規模不大。雍正三年圓明園方完成第一次的大興建，成為離宮御苑，同時也是雍正居住聽政之所在。

圓明園南面的屋宇是宮廷區，後來還加建了軍機處，與大觀園相似是前湖北岸的九州清晏內廷大建築群，按乾隆九年的圖文，此區為前後環湖的建築群落，並非花園。

圓明園在雍正三年到乾隆九年間仍持續擴建，完成著名的圓明園四十景，有些紅學家以蓬島瑤臺、方壺勝境等處勝景，與大觀園中原名天仙寶境，被元妃改為省親別墅的立意類同，只是這些名稱並無獨到之處。

曹雪芹有可能到圓明園遊玩或賞景嗎？熟悉到他可下筆寫得頭頭是道？有人以曹家在北京的親屬與內務府有淵源，使他有機會經常可以出入圓明園，不知根據為何？真是電視劇看多了。以曹頫罪臣的家屬身分，能否能走進內務府公衙都成問題，何況是九州清晏深宮禁地的內苑。再看看書中對窮親卑戚的涼薄，曹雪芹哪有門路走入圓明園？

也有以清漪園是大觀園原型者，清漪園即頤和園的前身，始建於乾隆十五年，園址原即有遼闊的昆明湖，及高出湖面約六十公尺的萬壽山。又因為一般私家園林均無寺廟，而大觀園內有妙玉及小尼姑、道姑修行的佛寺道觀，元妃題匾「苦海慈航」所在之地，符合清漪園萬壽山上，乾隆為皇太后祝壽所建大報恩延壽寺。

況書中描述大觀園內水域可行舟，有題花溆之石港，不論隨園、拙政園或恭王府花園均無法實現。占了清漪園面積五分之四以上的昆明湖方可如此行舟。又清漪園樂壽堂門前巨大花紋奇異的青芝岫石，也有人說就是大觀園蘅蕪苑前的大玲瓏山石。

只可惜清漪園完工於乾隆廿九年，已接近曹雪芹去世的時分，只能說大觀園的布局，符合當時園林藝術的規格。

至此，大觀園不論在南、在北，都無法圓滿的被證實，還有一些更遠、更屬猜測之園林，就不一細表。因而，余英時提出了大觀園是作者想像的理想世界說。

頤和園的昆明湖可行舟，被認為與大觀園的規模相近。

山子野 山子張

描述大觀園的籌建「全虧一個老明公，號山子野者，一一籌畫起造……凡堆山鑿池，起樓豎閣，種竹栽花，一應點景等事又有山子野制度。」

凡爾賽宮仍使用當時利用重力做成的噴泉，與其建造年代及工法接近的是圓明園的大水法，已毀於英法聯軍。

紅學研究者注意到此處連續出現了兩次的山子野，認為是影射清初造園疊石藝術大師張漣、張然父子。

張漣生於萬曆十五年，根據《清史稿》記載：

> 張漣以其術遊江以南數十年，大家名園多出其手。東至越、北至燕，多慕其名來請者，四子皆衣食其業。晚歲，大學士馮銓聘赴京師，以老辭，遣其仲子往。康熙中，卒。後京師亦傳其法，有稱山石張者，世業百餘年未替。

張漣的仲子傳說即張然，應召入京後行走內廷三十餘年。據說南海瀛臺、暢春園和玉泉山靜明園都是他所設計建造，當然引他入京馮銓的萬柳堂疊石必也是他所建。

也有稱其門派為山子張，這個與山子野只差一字的名號，又引起無數聯想，甚而以張氏父子得入內庭供俸，是曹璽所薦，致使近八十年後曹雪芹仍有門路入圓明園觀賞。

清史上明寫著張然是馮銓引聘入京，馮為明萬曆進士，曾是魏忠賢的黨羽，清軍入關後又投效多爾袞麾下，除率先薙髮降清外，並協助清廷訂定禮制朝規，是標準的貳臣。馮銓的萬柳堂建於康熙年間，張然建造的一些皇家庭園似也始於康熙初，張然確為馮銓聘到京城，與曹家應無太多關係。

《紅樓夢》中的山子野，只是仿山子張取的一個店號名稱，說明了大觀園是由專業的造園疊石家所設計，他們有技術有制度，不勞賈府的諸位大人煩心。

理想世界

余英時〈紅樓夢的兩個世界〉一文，
認為曹雪芹為《紅樓夢》創造了兩個鮮明對比的世界，
虛構的大觀園是一個烏托邦的世界，
有別於現實世界。
且以清濁、情淫、
假真來分別這兩個世界，
是創作企圖的中心意義。

醇王府原為納蘭明珠與榮若父子的舊邸，特准引玉河水而有恩波亭。

余英時指出《紅樓夢》真實與虛構的這兩個世界是無法分割的，拆寧府會芳園牆垣樓閣，接入榮府東大院中為大觀園的基址。大觀園引水來自舊宅，竹樹山石及亭榭欄杆亦有些舊物，這個最乾淨的世界卻是建築在最骯髒的基址上，最乾淨的最後仍舊要回到最骯髒的地方去，紅樓夢中的理想世界，最後要在現實世界的各種力量不斷衝擊下歸於幻滅，這是曹雪芹的悲劇中心意義。

余英時的觀點提出後，許多自敘派的紅學家無法接受，趙岡提出康熙三十七年曹寅修西花園檔案，以為是為修江寧織造署準備迎駕認為江寧織造署花園就是大觀園原型。此說為余英時所駁倒，證實此案係曹寅修京城暢春園西花園檔案，才會有增建四百餘間房屋及修建園中三所寺廟。

不僅是余英時撰文當時，紅學相關偽材料一再出現，三十年後的今天仍綿延不絕。爾後余英時另撰〈眼前無路想回頭〉一文，認為紅學的自傳說考證已完成歷史任務，應回歸到研究作品本身，才能找到創作意圖及藝術上的整體意義。

此後，余英時即不願再捲入紅學的爭論，也不再發表紅學的文章，然《紅樓夢的兩個世界》一書中所集〈敦敏、敦誠與曹雪芹的文字因緣〉等多篇論作，實為紅學研究不可多得的佳文。

余英時雖認為大觀園無論在南、在北，都找不到近似的案例，不是年代不對就是規模不符合。但余英時也不完全排斥「借景」的可能性，曹雪芹好友敦誠園中有榆蔭亭，亦有蕉棠兩植的景色。

這樣借景的題材，在曹雪芹寫書的當時及生活的實際環境中，還有敦敏城西南角太平湖側的槐園、平郡王府的花園及地名已成孫公園的孫承澤舊宅庭院。張然為馮銓疊石建造的萬柳園，也在這一範圍內，這些才是曹雪芹可以參考瀏覽的所在。

這些景點都在北京城的西南角，旗人在城內、漢人在城外，還有乾隆十五年的地圖佐證，這些地方才最可能是大觀園的借景。

孫公園

乾隆十五年為曹雪芹撰寫《紅樓夢》一書的核心時期，有不少文獻記載確切關係到曹雪芹的地方，都清晰呈現在這年繪製的北京市街地圖上。

曹雪芹最有機會接近的江南庭園，實為北京城南孫承澤舊宅一帶，乾隆十五年地圖標示為孫公園胡同。

《紅樓夢》背後最重要的場景是平郡王府，曹寅女兒康熙四十五年嫁給平郡王納爾蘇，當時納爾蘇統領鑲紅旗，地盤在北京城的西南角，平郡王府就在西南宣武門北的石駙馬大街上。

曹雪芹的好友敦誠、敦敏也屬鑲紅旗，他們的住宅記載較清楚的是敦敏的槐園，位於太平湖側。平郡王府往西走一個大街廓，就可到太平湖。地圖上西側城牆最南端的太平湖，有水圳與平郡王府相連，並可南接護城河。

宣武門往東是正陽門、前門，再往南是鮮魚口地區，曹家在此處亦有產業。正陽門再往東是崇文門，崇文門往南過一個街廓就是蒜市口街。當時漢人住在南城外，曹家雖是包衣，被革職抄家北返後，是居住在雍正特別恩准的城南的蒜市口街，有十七間半的房舍。

太平湖到蒜市口街兩地之間的距離約五、六公里，步行一小時餘可到，騎馬當然會更快。近平郡王府的附近有石虎胡同，是雍正三年設的右翼宗學，此宅原為吳三桂子康熙姑丈吳應熊府，他被賜死後成為凶宅。二敦與曹雪芹的相識相交均與此處相關，右翼宗學乾隆十九年遷到絨線胡同，離平郡王府更近。

徐志摩曾暫住石虎胡同七號，是當時新月社聚會所在，雖甲戌本是因在上海開設新月書店而取得，新月的原始基地鄰近石虎胡同右翼宗學，也算是一種因緣。

乾隆十五年的地圖上，鮮魚口及平郡王府之間，包括琉璃廠、梁家園、前後孫公園胡同均已標明。孫公園胡同的地名，因北京南城少園林宅第，過去孫承澤舊宅南方庭園的園景，使地名成了孫公園。

現今前、後兩孫公園胡同間，極可能是孫宅花園舊址。地緣上，孫公園往北走就是平郡王府，往東與曹家居住的蒜口市街也極靠近，這個有戲臺、藏書樓的龐大園林，會不會也成了大觀園的借景來源？

根據文獻記載，乾隆十九年時，孫宅建築群之一的萬卷樓主人是黃叔琳，乾隆廿一年黃去世。後來翁方綱也做過萬卷樓主人，可證明此地在《紅樓夢》撰寫的核心時期，此區文風鼎盛。爾後，曾收藏甲戌本的劉位坦父子，咸豐到光緒年間，也居住於後孫公園胡同。

第十一卷敬圖

皇上發自江寧水西門過石頭城途中樹木交蔭風物清美遂歷觀音門至燕子磯駕乘舟泛江羽纛煥江山彩仗耀雲日維時江神獻祥風伯從令樓船畫艦順流而下銀濤碧浪之中開帆捩舵操縱如飛水師之盛展卷可覩因經儀真望金山沙溆縈迴漁舠出沒皆供憑眺亦略施之縑素焉

建於東吳的報恩寺在江寧南聚寶門外，毀於太平天國戰火，二〇一五年琉璃塔重建完成。

賈寶玉神游太虛境

第九講

太虛幻境

《紅樓夢》是詮釋幻覺（illusion）與真實（reality）的極致。而真實與幻覺書中最具體的對比，是代表真實世界的大觀園，與幻覺世界中的太虛幻境。

太虛幻境在《紅樓夢》中出現了兩次，提到了多次。兩次都出現在夢中，第一次是第一回甄士隱夢境，第二次在第五回賈寶玉夢中。

《紅樓夢》第十七回大觀園落成，賈寶玉被賈政找去試才題對時，走到省親別墅的牌坊前「……寶玉見了這個所在，心中忽有所動，尋思起來倒像哪裡曾見過的一般，卻一時想不起哪年月日的事了……」讀者當然明白，這個牌坊賈寶玉是在夢中見過，就是太虛幻境的牌坊。

多半在夢中出現的太虛幻境，其命名又如此「虛幻」，朱淡文引佛家語詮釋幻境為「種種心造虛空」之境，認為太虛幻境是天外自在之地。

余英時以「夢中之夢、幻中之幻」稱太虛幻境，並引當寶玉覺得牌坊似在何處見過時的脂批「仍歸於葫蘆一夢的太虛玄境。」舉出不少兩地景觀類同的描述，認為「大觀園便是太虛幻境的人間投影，這兩個世界本來是疊合的。」

大多數紅學家對太虛幻境的詮釋，亦不離太虛幻境是大觀園一虛一實、一無一有的對比。張愛玲認為太虛幻境是隨著《風月寶鑑》併入《石頭記》後，所增加的場景，對應於《石頭記》原有的大觀園。

余國藩認為，脂硯齋雖在提到太虛幻境所製寶鏡時，批「此書原係空虛幻設」句，但批語處處顯示，書中片段都是真實的複述，或真相的複製，認為作者與批者間有「在想像的世界中我們共享的真相」的默契，而讀者似乎亦必須先有所知，才能與聞。如余國藩所引詩句「真實的美，虛構不來。」

《紅樓夢》在虛構小說背後，有作者與批者才了解的真實情境，這個真實對讀者來說可能並不重要，但讀者若真的一無所知，則是無法參與作者、批書者，藉著陳述故事所進行的一場「虛幻與真實」交織的精采遊戲。

夢

《紅樓夢》書名中有「夢」字，也描述了許多個夢，每一個夢都有特殊的意義，與太虛幻境亦有相關。

第五十六回賈寶玉因家中談論江南甄家的事，而在夢中見到甄寶玉。

書中第一個夢是甄士隱在第一回所做，夢中他窺聽到一僧一道談及石頭將下世歷劫，僧人告知士隱他與石頭是有「一面之緣」的，當他看到「通靈寶玉」四字後，就被僧人強奪而去，此時到了寫著「太虛幻境」的大石牌坊前。

看到牌坊兩邊對聯，士隱還沒走進，忽聽一聲霹靂有若山崩地陷，大叫一聲就醒了。這個夢以對聯句「**假作真時真亦假，無為有處有還無**」為結語，這兩句話是《紅樓夢》開場白，亦是全書寫作的最高指導原則。

第二個夢是第五回，賈寶玉在秦可卿房中午睡，夢中寶玉走進了甄士隱無緣一窺的太虛幻境，牌坊後是一座宮門，宮門上的橫書「孽海情天」也有一副對聯，寫著「**厚地高天，堪嘆古今情不盡。痴男怨女，可憐風月債難償。**」

走入太虛幻境後的寶玉，僅被允許到「薄命司」略隨喜看看，寶玉在薄命司所見，是大家熟悉的金陵十二釵預言。最後以「**千紅一窟、萬豔同杯。**」預告所有重要主角都將屬於薄命司，而薄命的緣由，是為了「情」這個字所牽絆，情亦是《紅樓夢》全書的主軸。

第三個夢是第十三回，秦可卿去世時託給王熙鳳的夢。前兩個夢都夢到太虛幻境，而在這個夢中，與太虛幻境主人警幻妹妹同名的可卿，要回到太虛幻境薄命司去了。可卿向王熙鳳警示了悲劇的即將到臨，要及早留退路，她連著說了「月滿則虧、水滿則溢……登高必跌重」及「樹倒猢猻散」等警語。提到不久後雖會有大喜之事，也只是瞬息的繁華、一時的歡樂。這個夢在可卿說了「**三春去後諸芳盡，各自須尋各自門。**」後，鳳姐就被報喪的雲板聲驚醒。

原點與終站

太虛幻境如果是作者所創故事的原點與終站，
大觀園則是這個故事重要的中場舞臺，
金釵們在大觀園中的演出，是早在太虛幻境卷冊中註定的。

警幻仙子是太虛幻境的主宰者，這段故事來自《風月寶鑑》。

太虛幻境究竟在哪裡？警幻仙子又是誰？

第五回說明太虛幻境在離恨天上、灌愁海中、放春山遣香洞，警幻仙子居於太虛幻境中。神瑛侍者與絳珠仙子二人，意欲下凡造歷幻緣前，是在警幻仙子案前掛號。當一僧一道帶著石頭，想夾帶在一干風流孽鬼中投胎下世，也要先到警幻仙子宮中交割清楚。

第十二回賈瑞被王熙鳳整得奄奄一息，跛足道人送來風月寶鏡，提到這是「**出自太虛玄境空靈殿上，警幻仙子所製**……」這整段故事移自《風月寶鑑》未變動。

太虛幻境自第十二回後，似是消失，一直到同屬《風月寶鑑》故事的二尤，登場於六十三回才再呈現。紅樓二尤的故事中提到兩次警幻、一次太虛幻境。

六十六回尤三姐死後手拿卷冊，告知柳湘蓮「……**妾今奉警幻之命，前往太虛幻境修注案中所有一干情鬼。**」之後是六十九回，尤二姐似夢似真見到三姐，手捧鴛鴦寶劍告誡她「……**將此劍斬了那妒婦，一同歸至警幻案下，聽其發落。**」

顯然警幻是經歷人間恩怨情仇後，最終的主審裁判，而一切因果了結的所在地就是太虛幻境。這與甄士隱夢醒後，在街上竟遇見夢中的一僧一道，告知他三劫後同往太虛幻境銷號是一樣的意思。

太虛幻境如果是作者所創故事的原點與終站，大觀園則是這個故事重要的中場舞臺，金釵們在大觀園中的演出，是早在太虛幻境卷冊中註定的。

這應該是作者將《風月寶鑑》併入《石頭記》後，想要將兩者連接的介面。也正因如此，第五回居全書綱領的地位。回中對太虛幻境有較詳細的描述，但注意力都被十二釵的讖詩及紅樓夢曲所吸引，很少注意到作者所辛苦構築的太虛幻境，以及仍殘存《風月寶鑑》最早構想的「色色空空地。」

色色空空地

太虛幻境充滿情、色與空的糾葛，並非幻境，而是真實的人生。

云蠢物不知為何或可一見否那僧道若問此物倒有一面之
緣說着取出遞與士隱士隱接了看時原來是塊鮮明美玉上
面字跡分明鐫着通靈寶玉四字後面還有幾行小字正欲細
看時那僧便說已到幻境便強從手中奪了去與道人竟過一
大石牌坊上大書四字乃是太虛幻境兩邊又有一副對聯道
是色色空空地真真假假天士隱意欲也跟了過去方舉步時
忽聽一聲霹靂有若山崩地陷士隱大叫一聲定睛一看只見
烈焰炎炎芭蕉冉冉夢中之事便忘了對半又見了奶姆正抱

舒序本《石頭記》第一回太虛幻境的對聯與他本不同，應是《風月寶鑑》書中的構想。

《石頭記》全書只有甄士隱與賈寶玉兩人夢到太虛幻境，前者並未進入即醒。

太虛幻境牌坊上的對聯，各《石頭記》抄本雖略有出入，均不離「**假作真時真亦假，無為有處有還無。**」這種組合，只有舒序本上有明顯的不同，寫的是「**色色空空地、真真假假天。**」

研究舒本甚詳的紅學家劉世德認為，舒本第一回對聯似為作者較早的構想，甚而此一對聯是來自《風月寶鑑》原書。舒本第五回同一對聯，則與其他抄本一致。

《石頭記》書名改《情僧錄》時，說明係源於「**因空見色、由色生情、傳情入色、自色悟空。**」這個由「空→色→情→色→空」的過程，使孔梅溪題《風月寶鑑》為書名，此時太虛幻境確實符合「**色色空空地、真真假假天。**」

究竟「有無」還是「色空」是太虛幻境的本質，看寶玉夢中進入幻境後，所看到宮門橫書「孽海情天」及「**厚地高天，堪嘆古今情不盡。癡男怨女，可憐風月債難償。**」對聯以及一路所描述的情境，太虛幻境是較接近「色空」的。

寶玉入室聞到名「群芳髓」的香，喝「千紅一窟（哭）」的茶及「萬豔同杯（悲）」的酒，壁上「**幽微靈秀地、無可奈何天。**」對聯等等，全段看來確是充滿「情」、「色」與「空」的糾葛。

最後作者安排在如仙似幻的太虛幻境旁，是「荊榛遍地、狼虎同群，迎面一道黑溪阻路，並無橋梁可通。」的險境，警幻要寶玉速速回頭，因這裡是「迷津」並說「……**深有萬丈，遙亙千里，中無舟楫可通，只有一個木筏，乃木居士掌舵，灰侍者撐篙，不受金銀之謝，但遇有緣者渡之**……」只見迷津內水響如雷，有許多夜叉海鬼將寶玉拖將下去……若有橋樑可通 則世路人情猶不算艱難

脂批認為迷津處「若有橋梁可通，則世路人情猶不算艱難。」再參看「幽微靈秀地、無可奈何天。」對聯，兩句盡矣 撰通部大書不難，最難是此等處 可知皆從無可奈何而有 脂批「兩句盡矣。撰通部大書不難，最難是此等處，可知皆從無可奈何而有。」

作者描述的太虛幻境竟神似幽微冥界。木居士如羅馬神話中冥王役卒，向亡魂索取金錢為他們划船渡過冥海的卡倫。而灰侍者如同聖經〈啓示錄〉四騎士中的灰騎士，象徵死亡。若太虛幻境即為冥境，確實符合「**幽微靈秀地、無可奈何天。**」也就是「**色色空空地、真真假假天。**」

似夢非夢

來自情天去由情地。
前生誤被情惑，今既恥情而覺……

《風月寶鑑》故事的重要主角尤三姐與柳湘蓮，一個回到太虛幻境，另一個出家。

太虛幻境是《紅樓夢》夢境的主軸，六十六回的故事起於柳湘蓮從賈寶玉處得知，他定親對象尤三姐的來歷後，跌足說了《紅樓夢》中名言「你們東府裡除了那兩個石頭獅子乾淨，只怕連貓兒狗兒都不乾淨。我不做這剩忘八。」後斷然退親，索回作為定禮家傳的鴛鴦寶劍。

尤三姐得知後，知是自己過去行徑不端所致，一面淚如雨下，左手將劍並鞘送與柳湘蓮，右手回肘自刎而死。

此回末尤三姐似夢非夢地告別柳湘蓮：

柳湘蓮……出門無所之，昏昏默默，自想方才之事：原來尤三姐這樣標致，又這等剛烈，自悔不及。正走之間，只見薛蟠的小廝尋他家去，那湘蓮只管出神。那小廝帶他到新房之中，十分齊整。忽聽環珮叮噹，尤三姐從外而入，一手捧著鴛鴦劍，一手捧著一卷冊子，向柳湘蓮泣道：「妾癡情待君五年矣，不期君果冷心冷面，妾以死報此癡情。妾今奉警幻之命，前往太虛幻境修注案中所有一干情鬼。妾不忍別，故來一會，從此再不能相見矣。」說畢便走。

湘蓮不捨，忙欲上前拉住問時，那尤三姐說：「來自情天去由情地。前生誤被情惑，今既恥情而覺，與君兩無干涉。」說畢，一陣香風，無蹤無影去了。

湘蓮警覺，竟似夢非夢，睜眼看時，哪裡有薛家小童，也非新室，竟是一座破廟，旁邊坐著一個跏腿道士捕虱。湘蓮便起身稽首相問：「此係何方？仙師仙名法號？」道士笑道：「連我也不知道此係何方我係何人，不過暫來歇足而已。」柳湘蓮聽了，不覺冷然如寒冰侵骨，掣出那股雄劍，將萬根煩惱絲一揮而盡，便隨那道士，不知往哪裡去了。

到了六十九回，二姐已受盡折磨，夜來合上眼見到三姐手捧鴛鴦寶劍前來說：**「姐姐，妳一生為人心癡意軟，終吃了這虧。休信那妒婦花言巧語，外作賢良，內藏奸狡……此亦係理數應然，故有此報……」**

三姐向二姐所說「天網恢恢疏而不漏」及「天道好還」等文句，都證明作者思想中，凡世間恩怨情仇，需有一處了結所在，而太虛幻境在書中正是此一了結處。

六十九回末，二姐吞金而死。

北邙山

把風雲慶會消磨盡，
都做了北邙山下塵……

貫穿《石頭記》全書的一僧一道，與太虛幻境關係深遠。

太虛幻境多半出現在夢中或恍惚之中，只有第一回，甄士隱夢醒後在街上見到了夢中的一僧一道，道人最後對他說「……**三劫後，我在北邙山等你，會齊了，同往太虛幻境銷號**。」三劫後表示士隱塵緣未了，要等一段時間後才會覺悟。

北邙山在洛陽城北，自古以來就是墓葬之地，建都在洛陽的皇陵都在此。明清以後都城在北京，仍有「生於蘇杭，死葬北邙。」之說，北邙是死亡的另一種說辭，對姑蘇人甄士隱來說，是巧合或作者的刻意安排？作者相信凡世間的恩怨情仇，在虛無之處有一可了結的所在，但必須經過死亡，才能回歸到太虛幻境。張養浩〈山坡羊〉寫著：

悲風成陣，荒煙埋恨，碑銘殘缺應難認。
知他是漢朝君，晉朝臣？
把風雲慶會消磨盡，都做了北邙山下塵……

與第一回〈好了歌〉中有「**古今將相在何方，荒塚一堆草沒了**。」之句，在甄士隱的解詞中有「……**正嘆他人命不長，哪知自己歸來喪**……**因嫌紗帽小，致使枷鎖扛**……」所闡述人生的無常，與古今將相甚而是皇帝，最後都歸為北邙山下塵的意境是一樣的。

旱西門

石城門原為南唐（937-975）南京的大西門，朱元璋改建為甕城。清代稱旱西門，康熙南巡圖上可看出甕城的形式。

第十講

三春與三秋

「春」、「秋」這兩個字，在中文上有非常多的涵義，最基本的意思是四季中的春、秋兩季。或指年歲，稱一個春秋為一年。

《紅樓夢》第一回賈雨村寫的中秋詩**「天上一輪纔捧出，人間萬姓仰頭看。」**句上有「用中秋詩起，用中秋詩收，又用起詩社於秋日。所嘆者三春也，卻用三秋作關鍵。」脂批指出，這首中秋詩是全書的開始，全書也將要用另一首中秋詩收場，書中詩社也是秋天開始。書中雖然常見嘆息「三春」的文句，但「三秋」才是全書的關鍵。《紅樓夢》中三春與三秋究竟代表什麼？

用中秋詩起　用中秋詩收　又用起詩社於秋日
所嘆者三春也　卻用三秋作關鍵

三春泛指春季中孟春、仲春與季春三個月份，三秋一樣是孟秋、仲秋與季秋，三春最早出現在第五回元妃讖詩，有「**三春爭及初春景，虎兕相逢大夢歸。**」之句。同回惜春有「勘破三春景不長，緇衣頓改昔年粧。」句，及〈虛花悟〉曲有「**將那三春看破……到頭來誰見把秋挨過……春榮秋謝花折磨，似這般生關死劫誰能躲……**」預言最年幼的惜春，見姐姐們皆躲不過生關死劫的悲慘命運，覺悟美景不長，換上緇衣出家，伴青燈古佛終老。紅學家都認同馮其庸所謂「隱指迎春、探春、惜春三姐妹的命運，不如元春的榮耀顯貴」。

第十三回秦可卿託夢王熙鳳，又用了「**三春去後諸芳盡，各自須尋各自門。**」讖語。批書者感慨萬千，有「不必看完見此兩句即欲墮淚」及「此句令批書人哭死。」三春不全然是賈家姐妹，而是涵括賈家的榮華富貴，衰敗後瞬間什麼都沒了，亦是暗指曹家抄家北返後，江南總總如春去後花落盡，一無所有，才能令批書人哭死。

此句令批書人哭死　不必看完見此兩句即欲墮淚

三秋則如脂批所述，是書中的中秋節、詩社及中秋詩。

春秋兩字亦常有「史筆」的意思，孔子修魯史《春秋》針砭史事，可否據以認為《紅樓夢》是一本曹氏春秋？或是平郡王府的平家物語？或是康、雍、乾三朝的皇室恩怨奪嫡風波？或是這三者加起來的綜合《春秋》呢？

元宵與中秋

用中秋詩起，用中秋詩收，又用起詩社於秋日。
所嘆者三春也，卻用三秋作關鍵。

迎春花是立春節氣最早開的風信花，而不常見的探春是立春第三候的風信花。

《紅樓夢》呈現在回目中的節慶，有第十七、八回〈榮國府歸省慶元宵〉第五十三回〈寧國府除夕祭宗祠、榮國府元宵開夜宴〉及第七十五回〈賞中秋新詞得佳讖〉三回。周汝昌認為《紅樓夢》中最重要的節慶，就是元宵及中秋。他認為三春是《紅樓夢》中的三個元宵節。

春初的元宵節日與賈家，或可說與曹家的盛衰關係密切。第一個元宵節出現是在第一回，元宵夜甄英蓮看社火花燈被拐，甄家的厄運禍事就此開始。

第二個元宵在第十七、八回，是賈家極盛的元妃省親。

最後在五十五回，寫到元宵已過，宮中一位老太妃欠安，沒多久這位老太妃薨逝。吳世昌認為第五十八回一開始的老太妃薨逝，作者原計畫是寫元妃在元宵後去世，賈家開始走向衰敗。亦認為十三回可卿託夢，所言「**三春去後諸芳盡**（此句令批書人哭死）**各自須尋各自門**。」讖語，原是元妃去世時向父母託夢時所說，符合第五回預言元妃〈恨無長〉曲名，及其中「……**故向爹娘夢裡相尋告，兒今命已入黃泉，天倫呵，須要退步抽身早**。」此時，賈家亦實際到了「三春去後諸芳盡」的境地，批書者才會批㊀「此句令批書人哭死。」

對應於「三春」的「三秋」是中秋節。

第一個中秋也在第一回，有著「……**當時街坊上家家簫管，戶戶弦歌，當頭一輪明月飛彩凝輝**……」的中秋氣氛。重心是在賈雨村寫的中秋詩是心境上的三段變化：先是想到嬌杏的回眸對月有懷，而有「**蟾光如有意，先上玉人樓**。」的遐思；繼而寫下「**玉在匱中求善價，釵於奩內待時飛**。」最後雨村「**天上一輪才捧出，人間萬姓仰頭看**。」（又用起詩社於秋日）氣勢不凡，打動甄士隱愛才心，資助他進京會試。

第二個中秋並未明寫，如脂批㊀「又用起詩社於秋日」部分，見第三十七回〈秋爽齋偶結海棠社、蘅蕪苑夜擬菊花題〉及次回的菊花詩，可以延續到四十二回均為八月仲秋盛景。

而「用以為收」的中秋詩，應是第七十五回〈賞中秋新詞得佳讖〉的詩詞，然回中不論寶玉或賈環的詩詞都是以「……」表示。到曹雪芹去世前，似仍未想好這些「用三秋作關鍵」關鍵的詩句。

三春與三秋，是這三個元宵與中秋嗎？

《紅樓夢》中多次提到三春，一般人都認為指迎春、探春、惜春三姐妹。

煙消火滅的第一個元宵

雍正六年元宵節前，江寧曹家被抄，是曹家在江南六十年榮華富貴煙消火滅之時。

甄英蓮的命運在書中第一個元宵節時徹底改變，成為薛蟠的側室香菱。

第一個元宵節出現在第一回，在甄士隱義助了落難的賈雨村赴京趕考的那個中秋節之後。這個元宵節將遭不幸，在前一年夏日已被提起，就在甄士隱夢到太虛幻境醒來後，帶著英蓮上街，卻見到夢中的一僧一道：

只見從那邊來了一僧一道……向士隱道：「施主，你把這有命無運，累及爹娘之物，抱在懷內作甚？」士隱聽了，知是瘋話，也不去睬他。那僧還說：「捨我吧，捨我吧！」……大笑口內念了四句言詞道：

慣養嬌生笑你癡， 爲天下父母癡心一哭。

菱花空對雪澌澌。 生不遇時。遇又非偶。

好防佳節元宵後， 前後一樣，不直云前而云後，是諱知者。

便是煙消火滅時。 伏後文。

這首讖詩一向被解讀為暗寫雍正六年的元宵前曹家被抄，為何不直寫是節前，反而說是節後，是不想讓知道的人聯想太多，似是想要撇清，此書不是直寫曹家的故事。

到元宵節時，英蓮被拐子拐走，甄家自此災禍連連。這是書中的故事，曹家也一樣，革職抄家只是禍端的開始，北返後因賠不出幾百兩的銀子，曹頫曾被枷號，即日夜要配戴幾十斤的木枷在身。

女兒被拐後……一事未了又生一事……三月十五葫蘆廟中炸供……致使油鍋火逸，便燒著窗紙……接二連三牽五掛四，將一條街燒得如火焰山一般……只可憐甄家早已燒成一片瓦礫場了……便攜了妻子與兩個丫鬟投他岳丈家去……見女婿這等狼狽而來，心中便有些不樂……勉強支持了一二年，越覺窮了下去。封肅每見面時，便說些現成話，且人前人後又怨他們不善過活，只一味好吃懶作等語。士隱知投人不著心中未免悔恨，再兼上年驚唬，急忿怨痛已有積傷，暮年之人，貧病交攻，竟漸漸露出那下世的光景。

這段被認為《紅樓夢》中描寫貧困最深刻的文字，應該是曹家北返後落魄，及遭受親戚譏諷的寫照。第一個元宵節是屬於甄家，真的故事雖要隱藏了，假中可能都是真言，如同正史的真事也未必全屬真實。是否就如甄士隱在太虛幻境看到的對聯：

假到真時真亦假，無為有處有還無。

《紅樓夢》中元宵節含意深遠，甄英蓮被拐、元妃省親到原來安排元妃薨逝，是書中三春的真正含義。

元妃省親實是康熙南巡，南巡圖描述江寧舊王府前張燈結綵，如同賈府在元妃省親時裝飾大觀園。

省親——繁盛極致的第二個元宵

借省親寫南巡，
出脫心中多少憶昔感今……
元妃省親確有康熙南巡的影子。

第二個元宵，是元妃省親時。

第十六回賈家得到喜訊，元春晉封為鳳藻宮尚書，還加封賢德妃。不久聖恩傳下，妃嬪能回家省親。為了迎接元春，賈家蓋省親別墅，興建了全書的核心場所——大觀園。

王熙鳳提起若她早生二、三十年，就趕得上太祖皇帝仿舜巡，炫耀王家接駕過一次。趙嬤嬤接著說到她小時，賈家預備過一次接駕，**「把銀子都花得淌海水似的。」**接著兩人說起江南甄家，獨甄家接駕四次，又說到接駕排場，**「若不是我們親眼看見，告訴誰誰也不信的。別講銀子成了土泥，憑是世上所有的，沒有不是堆山塞海的，『罪過可惜』四個字竟顧不得了。」**王熙鳳納罕甄家怎麼會這麼富貴時，趙嬤嬤說：**「告訴奶奶一句話，也不過拿著皇帝家的銀子往皇帝身上使罷了！誰家有那些錢買這個虛熱鬧去？」**

這幾句話是直指曹家的痛處，因接駕弄出來的虧空，到曹寅、曹顒父子相繼病故後，仍一筆一筆浮現，間接影響到曹頫被革職抄家。而接駕的奢華，作者在十七、十八回一一寫來。大觀園房子蓋好後，園內的寺院與戲臺要有道尼、戲班。採訪聘買小尼姑與小道姑外，要替她們作新道袍外，教她們念經咒。戲班則聘教習、做行頭。

花園樓閣內要骨董文玩，園中要有草木飛禽走獸，除了仙鶴、孔雀外，鹿、兔、雞、鵝等悉都買全。細碎到妝蟒繡堆、刻絲彈墨一樣不缺，各色綢綾大小幔子一百二十架，簾子二百掛，氈簾二百掛，金絲藤紅漆竹簾二百掛，墨漆竹簾二百掛，五彩線絡盤花簾二百掛外，椅搭、桌圍、床裙、桌套，每樣一千二百件。

接著賈赦督率匠人紮花燈煙火，「……**園內各處，帳舞蟠龍，簾飛彩鳳，金銀煥彩，珠寶爭輝，鼎焚百合之香，瓶插長春之蕊。**」元妃到時只見**「園中香煙繚繞，花彩繽紛，處處燈光相映，時時細樂聲喧，說不盡這太平景象富貴風流。登舟入園，只見清流一帶，勢若游龍，兩邊石欄上，皆係水晶玻璃各色風燈，點的如銀光雪浪；上面柳杏諸樹雖無花葉，然皆用通草綢綾紙絹依勢作成，黏於枝上的，每一株懸燈數盞；更兼池中荷荇鳧鷺之屬，亦皆係螺蚌羽毛之類作就的。諸燈上下爭輝，真係玻璃世界，珠寶乾坤。船上亦係各種精緻盆景諸燈，珠簾繡幕，桂楫蘭橈……進入行宮，但見庭燎燒空火樹琪花……」**

這些文字絕無誇張，康熙廿八年第二次南巡時，南下舟過揚州，時為正月廿八。此時不是花季時，地方官要老百姓結綵歡迎，康熙事後曾下詔「頃在揚州，民間結彩盈衢，雖出自愛敬之誠，不無少損物力。其前途經過郡邑，宜悉停止。」

如此現成一語
便是不再之讖

書中元妃的心意與康熙也是一樣的，省親後說：「……**倘明歲天恩仍許歸省，萬不可如此奢華靡費了。**」這句話後的脂批㈠「……如此現成一語，便是不再之讖。」符合吳世昌的推測，書中第三個元宵，作者原安排為元妃去世之時。

秋爽齋結社、擬菊花詩題、詠螃蟹都是大觀園歡樂時光的頂峰。

海棠社、菊花詩——齊備的三秋盛景

第二個中秋節並沒有明寫，第三十七回起到四十二回，描寫八月秋日景象一氣呵成。這是大觀園落成後的第一個秋季，賈家仍是鼎食之家。大觀園中才女們結了海棠社、辦了螃蟹宴、題了菊花詩。

結海棠社衆人都有了名號，李紈的稻香老農、探春的蕉下客、黛玉的瀟湘妃子、寶釵的蘅蕪君、寶玉的絳洞花王、迎春的菱洲、惜春的藕榭。

與海棠密不可分的史湘雲，竟不在結海棠社的名單中，張愛玲認為寶玉稱絳洞花王屬極早期的文字，史湘雲常在這些片段中消失。

後半回中，作者以寶玉突然想起，邀史湘雲入社，並讓她邀下一社，與薛寶釵為菊花詩擬題。兩人以菊花的種種喻三秋盛景：

寶釵以〈憶菊〉起首；

憶之不得故訪是〈訪菊〉；

訪之既得便種是〈種菊〉；

種既盛開故相對而賞是〈對菊〉；

相對而興有餘，折來供瓶為玩是〈供菊〉；

既供而不吟，亦覺菊無彩色是〈詠菊〉；

既入詞章，不可不供筆墨是〈畫菊〉；

既為菊如是碌碌，究竟不知菊有何妙處，不禁有所問是〈問菊〉；

菊如解語，使人狂喜不禁是〈簪菊〉；

如此人事雖盡，猶有菊之可詠者，〈菊影〉、〈菊夢〉二首續在第十、十一；

末卷便以〈殘菊〉總收前題之盛，讓三秋的妙景妙事都有了。

三十八回史湘雲起了枕霞舊友的號，寫了三首菊花詩。明明白白賈寶玉以絳字勾選詩題，後回迎春謄錄出來的署名，卻成了怡紅公子，最後林瀟湘奪魁菊花詩，薛蘅蕪諷和螃蟹詠。

不久劉姥姥又來了，她老人家吃到著名的茄鮝，還用妙玉成化窯的杯子，喝了一口舊年雨水泡的老君眉茶。劉姥姥離開前，替鳳姐七月七出生的的女兒，起了巧姐的名字。

不論繁複到可笑的茄鮝，一兩銀子一個的鴿蛋，王熙鳳都不認識的軟煙羅、霞影紗珍奇織品，到妙玉那些既寫不出字、又念不出音的名貴茶具，及裝模作樣收集梅花上的雪水烹茶，都是一種特殊的文化，這種文化構築在特殊的背景下，只有像曹家這樣背景的人家能了解，此時也已到強弩之末了。

送別的元宵節——未完成的中秋詩

三更時分，
忽聽那邊牆下有人長嘆之聲……
恍惚聞得祠堂內扇開闔之聲。
只覺得風氣森森，比先前更覺涼颯起來……

乾隆二十一年五月初七對清　缺中秋詩　俟雪芹

書中第三個中秋出現在第七十五回。

中秋前一日，賈珍與妻妾賞月，命佩鳳吹簫、文花唱曲，三更時分，忽聽那邊牆下有人長嘆之聲，大家明明聽見，都悚然疑畏起來……一語未了，只聽得一陣風聲，竟過牆去了，恍惚聞得祠堂內扇開闔之聲。只覺得風氣森森，比先前更覺涼颯起來，月色慘淡也不似先明朗。

次日一早起來，細查祠內，都仍是照舊好好的，並無怪異之跡。

中秋夜飯後在凸碧山莊前賞月，賈政要寶玉做即景秋詩，並不許用那些冰、玉、晶、銀等堆砌字眼。寶玉的重要中秋詩，書中是「……」字樣，此中秋詩至雪芹去世都未完成，後面賈蘭、賈環的中秋詩，也一樣是「……」沒寫。

賈環見寶玉作詩受獎他便技癢，只當著賈政不敢造次。如今可巧傳花到他手中，便也索紙筆來立揮一絕。賈政看了亦覺罕異，還半罵半誇哥哥是公然以溫飛卿自居，如今弟弟又自比曹唐再世了。

此段內容實在怪異，以賈寶玉比為性倨傲放蕩不羈與李商隱齊名的溫庭筠，尚符合寶玉個性，各回中都被貶的賈環，為何會在此回翻身，在嚴厲的賈政口中，竟然被喻為略晚於溫庭筠的曹唐。

曹唐初為道士後還俗，還中過進士。曹唐志趣淡然，格調高昂，追慕古仙子高情，以遊仙詩著稱，完全無法聯想到賈環。更怪異的是賈赦看了「……」的詩，竟然還連聲讚好，說了「**這詩據我看甚是有骨氣。想來咱們這樣人家，原不比那起寒酸，定要雪窗熒火，一日蟾宮折桂，方得揚眉吐氣。咱們的子弟都原該讀些書，不過比別人略明白些，可以做得官時，就跑不了一個官的……所以我愛他這詩，竟不失咱們侯門的氣概……將來這世襲的前程定跑不了你襲呢。**」

這段文字紅學界迄今弄不懂，況榮國府爵位世襲，哪輪得到庶出的賈環？

庚辰本本回回前總批：「乾隆二十一年五月初七對清。缺中秋詩，俟雪芹。」乾隆二十一年歲次丙子，距己卯三年，到庚辰尚有四年時間，可能是中秋新詞牽動《紅樓夢》的結局，曹雪芹一直到去世前，都沒構思完成把詩寫出來。

開夜宴異兆發悲音
評補圖石頭記
第七十五回

寒塘渡鶴影對冷月葬花魂，被認爲是《紅樓夢》中的經典句，也在最後一個中秋結預言了全書的結局。

冷月葬花魂

寒塘
海棠
高唐
棠村

史湘雲在《紅樓夢》中大關鍵，是第三十一回〈因麒麟伏白首雙星〉回目，許多紅學家據以認為湘雲最後嫁給了寶玉。《紅樓夢》中有一對金麒麟，分屬寶玉與湘雲，趙同認為這個金麒麟係影射曹頫在康熙五十五年時，為皇九子胤禟所鑄金獅，曹頫必與胤禟有一定的交情，才會代鑄金獅。

湘雲六十三回其所占花籤為「海棠」，第五回讖詩有「雲散高唐」之句，棠與唐都與「禟」字同音，若湘雲有所影射，極有可能是胤禟。

紅學家王關仕以雞頭、紅菱鮮果的季節，及書中其他日期推斷史湘雲生日八月廿四到廿七之間，胤禟的生日及忌日均在八月廿七。

胤禟並非如電視劇中那般不學無術，他是康熙最寵愛宜妃之子，還懂拉丁文。

第七十六回中秋夜在凹晶館外，史湘雲與林黛玉聯句中充滿「**盈虛莫定**……**魄空存**……**焰已昏**……**更殘**……**酒盡**……」等等，在在顯現悲涼的氣氛。

著名的最後聯句「……**寒塘渡鶴影**，**冷月葬花魂**。」像是曹頫對胤禟的輓聯。

已知曹雪芹有個也參與《紅樓夢》評述的弟弟號棠村，又與禟同音。這一連串的海棠、高唐、寒塘及棠村，或可算是曹頫對胤禟的一種悼念。

南巡圖江寧太平門外玄武湖側的景色，為避玄燁名諱，地圖上稱元武湖，元妃就是玄燁嗎？

第十一講

俗眼難測的神機

想要讀通《紅樓夢》這本書，是需要懂一點五行的基本知識。五行即木、火、土、金、水這五種元素，中國人認為宇宙是這五種元素組成的，天地之間一切的一切，都可以歸納到五行之中。

五行間存在相生相剋的關係，如同宇宙間萬物的生剋。簡單地說木生火、火生土、土生金、金生水、水又生木，如此循環不息。木剋土、土剋水、水剋火、火剋金、金又剋木。五行還配五色，土色黃以勾陳為象徵，其餘木色青以青龍為象徵、火色赤以朱雀為象徵、金色白以白虎為象徵、水色黑以玄武為象徵。中國人又將五行設定為五個方向，東方木、南方火、中央土、西方金、北方水。

五行也代表四季，春為木、夏為火、秋為金、冬為水。既與季節相關，曆法當然也有五行，中國獨特的干支曆係由十組天干甲、乙、丙、丁、戊、己、庚、辛、壬、癸及子、丑、寅、卯、辰、巳、午、未、申、酉、戌、亥等十二組地支，順序交互組成。因天干地支均為一陽一陰順序，每一組干支均為陽陽或陰陰的組合，共得由甲子到癸亥六十組干支，稱六十年為一甲子。

天干的五行中甲乙屬木、丙丁屬火、戊己屬土、庚辛屬金、壬癸屬水。地支原則與季節相同，辰戌丑未屬土外，寅卯屬木、巳午屬火、申酉屬金、亥子屬水。

六十干支的應用非常早，殷商的甲骨上都以十天干紀日，干支紀年到東漢光武帝建武三十年（公元五十四年）改太歲紀年為干支紀年，這年為甲寅年到二〇二〇為庚子年，迄今連續從沒間斷。

唐代太史局御史天文學家李虛中整理歸納，干支曆系統才建立完備。五代宋初的徐子平改以日干支為主，大幅提升了準確度。精通五行易理的王明雄教授，對《紅樓夢》亦非常有研究，他的網站有〈紅樓夢論壇〉專欄，刊載多位紅學家的論述。他認為《紅樓夢》這書「有俗眼難測的神機」，讀者若不懂得一些數術，是無法一窺其鬼斧神工之造化。

木石前盟

《紅樓夢》中詩詞、名稱、場景及時間都與五行相關，最重要的五行，當然是寶玉、寶釵及黛玉三人間的木石前盟及金玉良緣。

木石前盟是絳珠草與神瑛灌溉之恩與還淚的盟約，木是黛玉而石是寶玉，紅樓夢曲薛林兩人的〈終身誤〉以「**都道是金玉良姻，俺只念木石前盟……**」開場。

書中再次提到木與石是廿八回，元妃端午節賜下賞禮，僅寶玉與寶釵兩人的相同，寶玉將自己所得到的送去給黛玉挑選，黛玉並不領情，反而說了「**……比不得寶姑娘什麼金什麼玉的，我們不過是草木之人。**」酸話，讓寶玉不得不強調，什麼金、什麼玉都是別人說的，他心中除了祖母與父母，第四個重要的人就是林黛玉。

廿九回黛玉又因寶玉在道觀，取了與史湘雲一樣的點翠金麒麟，引發金玉好姻緣之爭辯，這次寶玉以不惜砸碎玉以明志，兩人仍以大大哭鬧收場。

第卅六回中，作者讓寶釵聽到寶玉在夢中喊罵「**和尚道士的話如何信得？什麼是金玉姻緣，我偏說是木石姻緣！**」證實了在寶玉的心中，確實是重視木石前盟的。

木的五行當然就是木，石的五行按中國陰陽學的算法並不屬土，卻是屬金。因金是剋木的，不論木金或木石，雖有前盟，亦難成就良緣。

黛玉姓林有雙木，黛是黑色，內又含黑字，黑象徵壬癸水可生木，再加上她的生日在仲春卯月的二月十二，是民間所謂百花生日，每一象徵都代表了旺盛的木元素。若日主又是木日就是八字木旺之命，符合原是絳珠仙子的草本木質。即使出生的日時都沒有木，這個命格仍是由木來主導。

賈寶玉是不是林黛玉的真命天子呢？

書中雖無賈寶玉確切的生日，除暗示他可能生於四月廿六外，六十三回看來，他是生於夏日的。夏日出生者火旺，他又自稱女人是水做的、男人是土做的，火生土，而土與木相剋。

神瑛之瑛是玉石也就是石，石在五行上是屬金，啣玉而生之玉又屬金。賈寶玉涵括了火（夏日生）、土（男人）、金（石與玉）三者，代表火洩木氣、木剋土、金又剋木，所以賈寶玉不是林黛玉的真命天子，只能是林黛玉命中注定的冤家剋星。

石在五行屬金，木金是相剋的，木石前盟注定是沒有前景的。

寶玉與妙玉聽黛玉撫琴悲往事，是汪圻所繪八十回後的情節，寶玉與黛玉是心靈相通的。

花木飄零

餞花之期是春末送春之時，
林黛玉的經典章節〈葬花〉詞，
正是此由春到夏、由木轉火的時分，
春末她的運勢轉弱，
而感慨「……試看春殘花漸落，便是紅顏老死時。
一朝春盡紅顏老，花落人亡兩不知！」

王明雄認為曹雪芹在寫作之時，必有真實的人物運命為參考，才能使全書重要人物相互間的生剋，安排得如此絲絲入扣。

他參考清代點評家姚燮推測，全書是描述辛亥、壬子、癸丑三年之事，則辛亥年十三歲的林黛玉當生於康熙五十八年己亥，二月是丁卯月，黛玉生日的十二日正是木旺之乙卯日，使這個八字的年、月、都屬木，是木旺極致的命。

八字的五行有一個元素獨旺，稱之為從旺格，即不再以五行平衡為好運勢，而以遇到此一元素旺盛為好運。

因為不追求平衡，從旺格者的人格特質都較偏執，這點是符合林黛玉的描述。從旺格者遇到其所屬的流年大發，遇到不喜歡的大運流年時災禍特重。以木旺的黛玉遇到火土金年或屬於火土金命格者，都不是她的好運及貴人。

木命者金為「官」即夫星，此命年月日三柱均不見夫星，是孤剋憂鬱及無夫妻緣，屬火土金命的賈寶玉，更不會是她的良人。

王明雄指出書中黛玉每到秋分一定生病，第四十五回寫道秋分後必犯嗽疾，忌秋天必也忌金。她所寫的〈秋窗風雨夕〉詞，亦處處顯現傷秋的哀愁「**秋花慘淡秋草黃，耿耿秋燈秋色長**……」

七十回寫到仲春時分，林黛玉改掉海棠社社名，重建桃花社為社主，更證實了她喜春惡秋的運勢，只是桃花社苦短，僅林黛玉自己寫了一篇〈桃花行〉後，就被探春生日的慶祝活動打斷，到春末時已無桃花蹤影。

不久史湘雲發起詠柳絮，薛寶釵寫了「**好風頻借力，送我上青雲。**」的豪情之句，對比於黛玉所寫的〈唐多令〉眾人都覺得太悲了，也許作者安排這年的秋天林黛玉就要病逝，不久寶釵嫁給了寶玉。

黛玉之詞：

粉墮百花州，香殘燕子樓。一團團逐對成毬。飄泊亦如人命薄，空繾綣，說風流。

草木也知愁，韶華竟白頭！歎今生誰拾誰收？嫁與東風春不管，憑爾去，忍淹留。

金木惡緣

喜旺木的林黛玉進入大觀園犯旺，
引起一連串金木兩敗的悲劇，
金木惡緣才是《紅樓夢》的主題。

王明雄認為《紅樓夢》書中，不僅只強調林黛玉屬旺木之命，其他主角的五行大都不是木命就是金命。被認為是林黛玉分身的晴雯，死於被逐出大觀園的中秋之後，她成為芙蓉花神，六十三回黛玉抽到芙蓉花籤，晴雯死被認為是預告黛玉死亡的前兆。

《紅樓夢》另一重要人物王熙鳳，生日為九月初二，季秋之初仍是旺金之時。她的名字有鳳暗示她可能屬雞，雞年地支為酉金，九月初若尚未交寒露節氣還算是酉月，日主若再逢金日，就是極旺之金。

後四十回王熙鳳的掉包計，拆散了木石前盟，不是曹雪芹的本意，但王熙鳳在前八十回的總總作惡，是間接導致賈家被抄敗亡的主因。以王熙鳳坑殺尤二姐的過程為例：

因二姐成為賈璉的側室，被王熙鳳設計搬入賈府，六十九回形容二姐是「**花為腸肚雪做肌膚**」顯然是木質命。協助鳳姐羞辱二姐的秋桐是金木相剋的名字，最後尤二姐選了吞金的死法，了結了這一段金木惡緣。

書中另一段金木惡緣，作者原計畫夏金桂虐待香菱致死，用的也是金木相剋惡緣。夏金桂名字有金、桂有木有土，桂花盛開於秋日，是一個標準的旺金之命。作者暗示香菱與林黛玉神貌相似，她原名不論蓮或菊都是草木，她應該也是一個木命人。

更弔詭的是在迫害香菱過程中，夏金桂所利用的丫鬟名寶蟾，與鳳姐用秋桐是一樣。月宮中有蟾蜍傳說，是剋木的秋氣，只是作者尚未寫完這段故事就去世了，香菱在續書中並未亡。

金玉良姻

金玉良緣是常用來形容美好姻緣的辭彙，
金與玉都屬金，
賈寶玉不要的金玉良姻，
讀者都知道是他與薛寶釵的因緣。

薛寶釵姓薛諧音為雪，名字中又起了金字邊的釵字，生日正月廿一在寒冷的初春，書中描寫她住雪洞一般素淨的房間，卻從胎裡帶來熱毒之症，需要常常服用冷香丸，真是個奇怪的組合。和尚所提供冷香丸的偏方，用象徵金的白色，來剋洩火的熱毒，是《紅樓夢》中五行的應用。

薛寶釵的日主應該仍是金，生在初春又帶旺火的金是弱金，小時和尚給了鏨有「**不離不棄、芳齡永繼**」的黃金瓔珞，用的正是以帶金飾來彌補弱金的方式。再用象徵冬水的冷，澆熄寅月的長生火，使火不去熔金。綜觀之，薛寶釵是弱金喜金水的命格。

寶釵丫鬟鶯兒聽到通靈寶玉所鐫「**莫失莫忘、仙壽恆昌**」八個字，說出「**我聽這兩句話，倒像和姑娘項圈上的兩句話是一對。**」而薛寶釵也知母親對王夫人曾提「**金鎖是個和尚給的，等日後有玉的方可結為婚姻。**」寶釵對金玉良姻並非熱切期盼的，她有時遠著寶玉，還慶幸寶玉被黛玉纏綿住。

寶玉雖偏要木石前盟，對金玉亦非全然排斥，如同黛玉說他「……**見了姐姐，就把妹妹忘了。**」看到寶釵雪白酥臂上的紅麝串，請她取下來借看，同時他想到金玉之事，再看到臉若銀盆、眼同水杏的寶釵不覺就獃了。

廿九回中，寶玉聽到點翠金麒麟史湘雲也有，一面揣著一面拿眼睛飄人，卻被尖眼的黛玉瞧見，後來鬧得天翻地覆。金玉良姻不止是賈寶玉與薛寶釵，還可暗指史湘雲，許多紅學家相信，曹雪芹的原著中，他娶的妻子是史湘雲，是另一種金玉良緣。

三十六回描述黛玉與湘雲看到怡紅院內的寶釵與寶玉，寶玉在夢中不要金玉良緣、偏說是木石前盟。

紅樓紀曆

《紅樓夢》中確有不少似是真實的事件，如康熙四十七年太子胤礽被魘鎮，若要把這年硬套到賈寶玉被魘鎮之年，是不可能契合的。

二十八回寶玉看到寶釵酥臂上的紅麝串，同時想到金玉之事，寶玉對金玉良緣亦曾有所綺想。

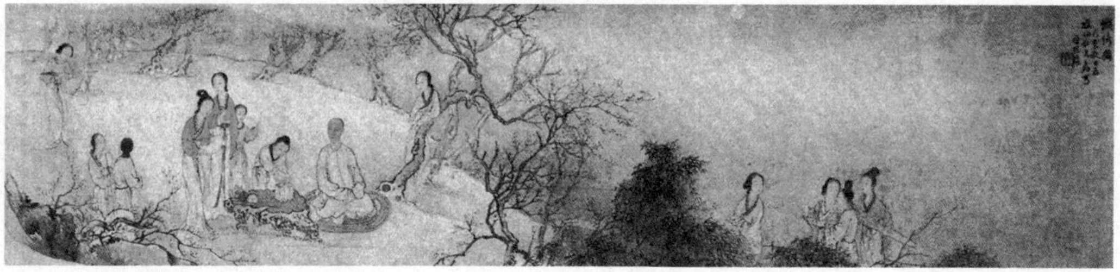
姚燮深信紅樓夢是按真實事件的時序所寫，這是他的圖像。

《紅樓夢》自清代傳世起，即有好事者認為書中所書各事都是真實的，因而都可以找出發生的真正時間。書中年代及地點一貫是模糊的，第十三回替賈蓉捐龍禁衛有「……祖乙卯科進士賈敬……」之句。曹雪芹有生年間只有一個乙卯年，就是雍正十三年，這年雍正似是服丹藥暴斃。若不從賈敬影射雍正的索隱角度來看，只能說乙卯木年能得功名的賈敬，不順其五行所喜的木，反去燒丹煉汞守庚申，走旺金之路，當然是一條死路。

點評《紅樓夢》的大某山民姚燮認為，元妃省親寫的是壬子年間事，並將書中每回事分定在某年某月，干支曆的順序壬子後依序是癸丑、甲寅、乙卯。九十五回寫到甲寅年底，交乙卯立春後元春去世，姚燮自認是絲絲入扣。曹雪芹短暫一生所經歷的壬子年，只有雍正十年。只是雍正十年曹家是在極大的困苦中，何來省親那麼大的場面。

紀曆紅樓周汝昌以賈寶玉一年為基礎，也有紅學家將真實的歷史事件套入紅樓夢，如第二十五回寶玉被「魘魔法逢五鬼」，他們認為正合康熙四十七年太子胤礽被魘鎮事件。因小說中寫一僧一道見到寶玉後提到「青梗峰一別十三年」之句，當時賈寶玉十三歲，所以他們認為寶玉生於康熙三十四年。索隱派早早主張過賈寶玉是影射胤礽，他生於康熙十三年是記載在《清史稿》中的事實。

符合了魘鎮事件，就會不符省親時間，符合省親又不符曹家枯榮，再加上《紅樓夢》原本時序混亂，朱淡文等紅學家都認為是增刪過程中濃縮了原來故事所造成，想要紀曆一定是兜不上的事件比符合的多。

虎兔相逢大夢歸

雖後八十回對紅學屬研究上的雞肋，元妃讖詞「虎兔相逢大夢歸」句，在九十五回給了元妃死於卯年寅月的解答，而成為紅學家討論元妃的核心。

想讀懂這段需先了解，干支曆年的分界點在立春節氣，立春與陰曆正月初一不一定是同一天。

玄武湖與臺城的景色，看得出三百餘年的變化嗎？

《紅樓夢》中最重要的五行，屬論元妃八字及元妃去世的段落。根據八十六回算命所說「……**甲申年正月丙寅**……**這日子是乙卯初春木旺**……**獨喜得時上辛金為貴、巳中正官祿馬獨旺，這叫作飛天祿馬格**……**可惜榮華不久，只怕遇著寅年卯月**……」

這個八字就是甲申、丙寅、乙卯、辛巳，續書者以從官格論之，這個乙卯日與林黛玉的不同，雖是初春的旺木，但沒剋木的土、反而有生木的水、雖有剋金的木，但旺木不怕有火制的金，可以把算命者所稱讚「日祿歸時」的辛金看成喜神。若如算命所說時柱的金是喜神，旺木流年一到大夢歸，又是金木惡緣。

元妃薨逝於十二月十九，書中說明甲寅年的十二月十八日已交乙卯立春節氣，所以元妃算是乙卯年去世。生於甲辰若逝於甲寅是活了卅一歲，若算乙卯年則多活一年，存年可得卅二歲，卻說享年四十三歲，是明顯的錯誤，隱藏了不少的紅樓密碼，是另一個層次破解的問題。

康熙逝於壬寅年的十一月十八，次年雍正元年為癸卯。雍正則逝於雍正十三年八月是乙卯年，這連續的兩個虎兔相逢之間的十四年，正是曹雪芹家族「**風刀霜劍嚴相逼**」與「**繁華如夢**」的運命。

眞實人物的生辰與八字

《紅樓夢》中寫明生日日期的主角，都有些特殊的真實人物可以對比。

康熙皇二子胤礽（1674-1724）是皇后赫舍里氏所生，出生一年後即冊封太子，卻在一七〇八年、一七一二年兩度被廢，最後死在禁所。

《紅樓夢》中林黛玉的生日，與曹寅的弟弟曹宣相同，曹宣出生於康熙二年（一說為元年），八字為癸卯年、乙卯月、辛亥日。這個命雖生於金日，年天干癸是水，日地支亥是水與木長生之地，其餘各柱都是木，是木旺到至極的春弱金命，這個金是剋不動旺木的，此命與林黛玉喜歡水木忌金的格局一樣，可說就是林黛玉的八字。

現實中曹宣一生仕途並不得意，無法與哥哥曹寅幾乎是皇帝最寵信的近臣相比，他的重要工作之一，就是管理王翬領銜所繪的〈康熙南巡圖〉。

曹寅的名字中有一寅字，他生於順治十五年的九月初七，這天的干支曆為戊戌年壬戌月辛丑日，八字是非常旺的秋金。推測生於寅時而有曹寅之名，他的生時就是庚寅時，第廿六回薛蟠將春宮畫上落款的唐寅，看成庚黃是否是為曹宣虧了曹寅一下。

曹寅對比於曹宣，確實有些像寶釵與黛玉，前者符合世俗所有成功的標準。曹宣死於康熙四十七年戊子，是土水相剋的一年。他唯一勝過哥哥的就是子嗣旺盛，過繼給曹寅的第四子曹頫，極可能就是雪芹的父親，曹宣也成為曹雪芹的親祖父。

《紅樓夢》中另一個與實際人物生日相同的人士，是生於五月初三的薛蟠。這天與康熙廢太子胤礽的生日同一天，胤礽生於康熙十三年，這個八字甲寅年庚午月丙寅日癸巳時，是火旺到極點的八字。

太子旺火從旺的命格，使他習氣奢侈、暴虐淫亂、類有狂易之疾，亦即為他被廢黜原因。加上貪婪斂財無數，曹家與李家都被他搜括數萬兩，他也公然毆打曹寅的女婿平郡王納爾蘇。胤礽九月被廢，被囚禁到雍正二年底去世。胤礽大抵行運不利都在金水的流年，被廢出事亦多在冬月天寒地凍之時。

伏

《紅樓夢》中對小人物追求情愛心境的描述，並不輪寶黛的木石前盟，被認為是經典的是第三十回〈椿齡畫薔癡及局外〉中，神情似黛玉的小旦齡官，心許的對象不是賈寶玉而是賈薔。

這回細膩的心境描述，也讓賈寶玉體悟到每個人都情有專屬。

大觀園小旦齡官長得貌似黛玉，她在地上寫「薔」字，在三伏陰晴不定的大雨中，賈寶玉悟出了情是各有歸屬的。

盛暑天看到拿簪子寫「薔」字，一面悄悄流淚的齡官，此時「伏中陰晴不定，片雲可以致雨。」落下一陣雨來。

伏是一種特殊的秦文化，有一定的五行規則，伏有被降服的意思，源自五行金被火剋的生剋關係。中國人雖以夏至命名太陽直射北回歸線的這一天，但知道這並不是一年最熱的一天。夏至之後的太陽熱氣，漸漸的在地面累聚，伏就是所聚熱氣潛伏的意思。

夏至後的第三庚日是初伏，燠熱的時候不能吃冰，伏日的習俗要吃熱湯、熱麵。二伏則為初伏後十天，即下一個庚日，末伏是立秋後第一個庚日，這段炎熱日子稱為三伏天。

伏字由人與犬二字組合，戰國時秦國以狗血除暑毒蠱氣，算是特有的風俗。

西方社會稱夏天最熱的時節為狗日，這段狗日的時間約在七月底到八月初之間，正好是東方人的三伏天。此一習俗源自埃及，埃及的一年始自天狼星與太陽一同升起時，約在現陽曆的八月初。埃及人稱天狼星為 Sirius 意思是水上之星，此時亦是尼羅河要開始氾濫的時候。

羅馬人稱天狼星之為大犬座，秦人開始過伏日的年代，羅馬人尚未興起，伏日究竟是外來文化？還是秦影響了羅馬？不得而知。

屠維作噩

「屠維作噩」表示己酉年，如果文人落款時不會用「屠維作噩」這種深奧的用辭，就表示他與庶民一樣，學問不夠廣博。

嘉慶六年所印《爾雅》中列有各歲的名稱。

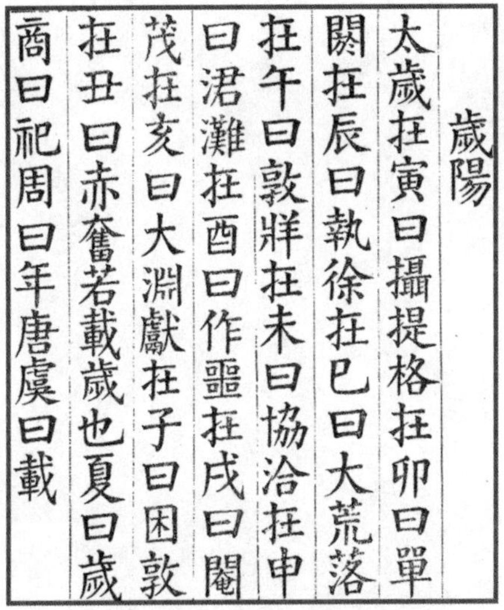
歲陽
太歲在寅曰攝提格在卯曰單閼在辰曰執徐在巳曰大荒落在午曰敦牂在未曰協洽在申曰涒灘在酉曰作噩在戌曰閹茂在亥曰大淵獻在子曰困敦在丑曰赤奮若載歲也夏曰歲商曰祀周曰年唐虞曰載

《紅樓夢》九種主要手抄本中，舒序本因書前有乾隆五十四年舒元煒之序而命名，舒元煒序之落款「乾隆五十四年，歲次屠維作噩……」因確為其親筆，且署年早於程本，紅學家認為，舒序本是唯一確切傳抄於程本前的抄本。

落款中「作噩」二字表示的是太歲紀年，是東漢改干支紀年前最重要的紀年法，而「屠維」是這一年的天干。

太歲紀年源於中國極早的歲星紀年，歲星就是木星，繞太陽一周天約十二年，古人將黃道分成十二星次，如同西洋星座的十二宮，木星約每年走一星次，其時間稱為一歲。後因中國人不習慣木星由西向東運轉，而另虛設一與由東向西與木星對應的星，稱太歲星並改為太歲紀年。

太歲紀年以太歲名來稱這年，以寅年的攝提格為首依次為：單閼、執徐、大荒落、敦牂、協洽、涒灘、作噩、閹茂、大淵獻、困敦、赤奮若。其中在第八序位正是「作噩」年即酉年。

太歲表達了地支，十天干名稱見《淮南子》天文訓所列，從在甲年稱閼蓬，在乙曰旃蒙、在丙曰柔兆、在丁曰強圉、在戊曰著雝、在己正是屠維。隨後在庚曰上章、在辛曰重光、在壬曰玄黓、在癸曰昭陽。屠維作噩是己酉年，而二〇〇八是戊子年戊曰著雝、子是困敦，落款「著雝困敦」才是讀書人。

第十二講　節氣

廿四節氣為我國特有，許多人都誤以為是陰曆，事實上二十四節氣起始於冬至，以冬至到冬至為一循環。周朝以前即知兩個冬至間是三百六十五又四分之一日，為一個太陽年，最早二等分有冬至與夏至；繼而四等分多了春分、秋分；戰國時加了立春、立夏、立秋、立冬的四立；漢朝初二十四節氣才齊備，是不折不扣的陽曆。為了符合過去民間通行的曆法，會換算成陰曆的交節氣日，刊印在每年的曆書上。

將一個太陽年平分為二十四等分，因為無法除盡，每一節氣約十五日有餘，所以任何一個節氣，每年交節的日子與時刻均有些微不同。再換算成陰曆更是差之千里。陽曆立春總在二月四日前後，冬至都在十二月廿一日左右。陰曆每一節氣各年相去甚遠。以芒種為例，可知陽曆相近而陰曆相異：

康熙四十五年　四月廿六申時（1706/6/6-15: 29）

康熙四十九年　五月初十未時（1710/6/6-14: 25）

這樣特殊的線索，讓紅學家看到《紅樓夢》中特定節氣後，希望能找出一些端倪。

《紅樓夢》中還有許多回提到節氣，描述冷香丸的第七回，提到春分、雨水、白露、霜降及小雪等。四十五回說到每歲至春分、秋分後，黛玉必犯嗽疾。第六十三回的花籤有關的花事，是從小寒起，經大寒、立春、雨水、驚蟄、春分、清明到穀雨的八個節氣，每個節氣再分三候，每候由一種花開為代表的二十四番花信風。所謂五日一候，二十四節氣再衍生出七十二候，不懂七十二候的腐草為螢，就猜不出第五十回李綺的一字謎「花與螢」為何互為謎面謎底；更不會知道同回李綺姐妹有關「灰琯」的聯詩說的是什麼。

《紅樓夢》中節氣的資訊非常豐富，有紅學家認為《紅樓夢》是一本依照節氣所撰寫的書籍；能體會「交節換氣」的奧妙，更能探索在作者更深層的思緒中，才能將隱藏在假語後面的真事呈現出來。

二分二至

漢朝以前的節慶，
是以二分二至與四立這八節為主。
八節的重要活動是冬至祭天、
夏至祭地、春分祭日、秋分祭月、
立春迎春、立夏迎夏、立秋迎秋、立冬迎冬。

冬至並不是一年最冷的一天，而是真正冷凜的開始。

夏至是赤日當空，樹陰合地。

冬至

冬至這天太陽直射南回歸線，北半球日影最長，最長容易觀測，而成為許多原始民族天文臺測影觀象的標的。

冬至這天晝最短，過了這天白天轉換變長，同時天地間陽氣跟著增加，民間有冬至一陽生的說法，冬至是一個循環的起始點。

《紅樓夢》十一回討論秦可卿病情時，出現「**這年正是十一月三十日冬至**」之句，紅學大師俞平伯最早以〈紅樓夢的著作年代〉一文，希望以此來推斷作者寫書的時間、故事發生的年代，以期能對書中是否涉及真實歷史事件予以澄清。他查得乾隆十年十一月廿九夜子初二刻八分冬至，認為印證此回所書寫於乾隆十年。俞平伯漏看了乾隆廿九年的曆書，這年的十一月三十日也近冬至。若曹雪芹死於這年暮春，因曆書前一年已頒定，改稿時依曆書寫下這年冬至，並不是沒有可能。

時序混亂是研究紅學不可不知的奧步，但十一回前後更是紅樓紀曆的大爛帳，可能只是為配合民間冬至是大關口的說法，加了冬至之句。

夏至

冬至日影最長而夏至日影最短，尤其是夏至前後的正午時分，幾乎看不到影子。第三十回提到「**赤日當空，樹陰合地。**」許多紅學家都認為，此一景象似夏至日。

描述樹陰合地後，又有「**原來明日是端陽節……**」之句。

清初時，端午節已是夏季最重要的節日，端午又稱端陽，說明此時陽氣已極盛，端午節每逢閏二、三、四月之年，會極接近夏至日。第三十一回，接續寫了不少端陽即景：

……**這日正是端陽佳節，蒲艾簪門，虎符繫臂。午間，王夫人治了酒席，請薛家母女等賞午。**

當天因為接近節日，優伶文官等十二個女子，都來到大觀園各處玩耍。下大雨後大家把溝堵了，積水在院內，再把些綠頭鴨、彩鴛鴦捉趕放在院內玩耍。因院門關了，襲人等又都在遊廊上嘻笑，聽不見淋了雨回來的寶玉叫門，寶玉因而遷怒踢了襲人一腳。

書中這日賈寶玉闖的禍還不止於此，當天他還闖了更大的禍事，害金釧因不甘心被逐，跳井而死。

乾隆十一年，夏至與端午正是同一日。這年的夏天，一定是個不祥的夏天，發生了許多令曹雪芹難忘的事件：不久賈寶玉就為了金釧的死，挨了賈政一頓毒打。

春分 秋分

春分這天晝夜等分，所以天地間陰陽氣也等分。過了春分後陽氣日盛、陰氣漸消，是春暖花開的好時光。一般民間相信，非致命性的疾病，只要能熬過冬至，春分後就有痊癒的希望。這也是《紅樓夢》十一回中藉著兩個節氣，所想傳遞的信息。

秋分與春分一樣晝夜等分，古名一個為日中另一個是宵中。過了秋分後，陰氣日盛陽氣漸消，《紅樓夢》第四十五回寫到：

黛玉每歲至春分、秋分後，必犯嗽疾；今歲又遇賈母高興，多遊玩了兩次，未免過勞了神，近日又復嗽起來……寶釵道不如再請一個高明的人來瞧一瞧，治好了豈不好。每年間鬧一春一夏……不是個常法兒……

但薛寶釵也有她自己的問題與煩惱。

河南登封告成的觀星臺，為一二一八年元郭守敬所建最大的天文設備，他以此測得冬至到下一冬至間一回歸年為365.2425日。較一五八二年頒行至今的格列高利曆，亦以一回歸年為365.2425日為基準，早了三百六十四年。

冷香丸

牡丹花薛寶釵是「任是無情也動人」

牡丹花開富貴是薛寶釵抽到的花籤，與她的冷香似是矛盾。圖中雙色牡丹為名品「二喬」。

神祕的冷香丸以「白」與「水」為象徵。

洛陽獨有的名品牡丹「姚黃」色近淺象牙，一花號稱千瓣。

冷香丸是薛寶釵的象徵，也是《紅樓夢》中最神祕的藥丸，描述冷香丸的製作過程的第七回，是《紅樓夢》中最早出現二十四節氣的一回。依次提到相關的節氣是春分、雨水、白露、霜降和小雪。

冷香丸藥料簡單，但取得可要「巧」，包括：春天開的白牡丹花蕊十二兩、夏天開的白荷花蕊十二兩、秋天的白芙蓉花蕊十二兩及冬天開的白梅花蕊十二兩。將這四樣花蕊於次年春分這日晒乾一齊研好。又要雨水這日的雨水十二錢、白露這日露水十二錢、霜降這日的霜十二錢、小雪這日的雪十二錢，混合製成藥丸。

這幾個節氣中，雨水在立春後，是春雨綿綿潤澤農田的時分。白露在秋分前、處暑後，此時秋涼清晨葉面上可見凝結的露珠；半個月後秋分秋冷，再半個月露水已成為寒露了。寒露後露水不見，清晨葉面薄霜，秋冷變成秋寒就到了霜降的節氣。霜降後立冬，再下面就是小雪，華北地區開始飄雪。

冷香丸所需的材料是白色的花蕊及透明的水，節氣的雨水、白露、霜降、小雪，代表水的各種型態。五行冬天及北方屬水，薛與雪同音，雖是杜撰出來的藥，作者仍是強調寶釵的冷與香。

大多數讀者認為寶釵冒名頂替嫁給寶玉，都不喜歡她。曹雪芹原來並無「左釵右黛」的意圖，程乙本增刪不僅涉及情節內容，更改易了某些主角人物的性格、言語及行為，其中最大的受害者，就是薛寶釵。

作者原先對薛寶釵的評價非常高，可由被認為是預言各金釵命運的第六十三回〈壽怡紅群芳開夜宴〉看出：

寶釵便笑道「我先抓，不知抓出個什麼來。」說著，將筒搖了一搖，伸手掣出一根。大家一看，只見籤上畫著一支牡丹，題著「豔冠群芳」四字，下面又有鐫的小字，一句唐詩道是：

任是無情也動人。

這段文字是作者對寶釵的高度肯定，評價幾近滿分。此時沒有聆聽芳官唱曲的寶玉「**卻只管拿著那籤，口內顛來倒去唸任是無情也動人……**」

俞平伯認為，薛寶釵終將入主怡紅，故抽得花王之籤，而且座位也是第一座。相對黛玉坐在一角，不久輪到林黛玉抽花籤，抽到芙蓉花時，寶玉完全沒有反應或關切，還不如麝月抽到著名的「開到荼蘼花事了」。

「若教解語應傾國，任是無情也動人」是唐朝詩人羅隱詠牡丹的詩。作者想描繪寶釵雖世故，但「面熱心冷」才會引用了這麼一句唐詩。

芒種

廿四節氣中《紅樓夢》僅對芒種日有生動的描述，廿七回述說四月二十六日這日未時交芒種節，紅學家認為這天是曹雪芹自己的生日。

芒種節氣是開始種有芒的植物，或作物出芒，這個節氣因《紅樓夢》中再三提到四月廿六這天，及這天未時交芒種而引起注意。

芒種一過便是夏至，天氣開始炎熱。《紅樓夢》廿七回寫芒種日送春，惟江南送春在穀雨，比芒種早一個月，這明顯寫的是北方的節候：

尚古風俗，凡交芒種節的這日，都要設擺各色禮物祭餞花神，衆花皆卸，花神退位，須要餞行。然閨中更興這件風俗，所以大觀園中之人都早起來了。那些女孩子們，或用花瓣柳枝編成轎馬的，或用綾錦紗羅疊成干旄旌幢的，都用彩線繫了。每一棵樹，每一枝花上都繫了這些事物。滿園裡繡帶飄颻，花枝招展，更兼這些人打扮得桃羞杏讓，燕妒鶯慚……

春殘花落祭餞花神送春，是閨閣習俗。過去歲末送神時，焚燒以黃紙印的舟、馬、轎稱為甲馬或雲馬，讓諸神乘坐返回天庭。既是送花神，自是用花瓣柳枝來編成轎馬，比紙印的恰當。干旄旌幢除了為花神轎馬回天庭壯行色，更點綴了花落後的大觀園。

但廿七回前後的時序是混亂的，林黛玉夜訪怡紅院吃了閉門羹，不顧「蒼苔露冷、花徑風寒」在牆邊哭泣，次日如何會變成四月二十六？此時露冷風寒看來天氣尚涼，薛蟠竟然有粉脆鮮美的夏瓜秋藕款待寶玉等人，提到「**明兒五月初三是我的生日**」之語。

薛蟠此宴上，馮紫英曾說多則十日，少則八天後回請。到廿八回他果然回請薛蟠及寶玉等人，這天寶玉遇到他心儀已久的琪官，導致寶玉在後回中，為琪官挨了賈政一頓毒打。宴後數日應當是五月中旬，為何又成了五月初一？賈府上上下下來到清虛觀打醮。觀中張道士提起「……**前日四月二十六日，我這裡做遮天大王聖誕**……」在這些「理還亂」的時序中，四月二十六日似是特殊的，反覆地出現，不斷被提起，周汝昌認為這天是賈寶玉的生日，也就是曹雪芹的生日。

現實中，康熙四十五年、雍正三年都是四月二十六日交芒種，迄今紅學界還沒找到這兩天與《紅樓夢》的相關聯。

灰琯、螢、七十二候

《紅樓夢》最令讀者疑惑的，是為何這些姑娘小小年紀，竟上通天文下知地理，詩句中對北斗七星、二十四節氣，及衍生出的七十二候都能融入。

中原地區的桐花是淺紫色，與白色油桐一樣都是清明前後盛開。紫藤亦為常見春花。

第五十回〈蘆雪庵爭聯即景詩〉內，描述寶玉與眾姐妹，相聚於蘆雪庵飲酒賞雪，大家爭聯即景詩。李綺上聯、李紋下聯是「葭動灰飛管，陽回斗轉杓。」描述的即景是非常非常非常生僻的天文知識。

灰琯

灰琯是古代「候驗節氣」的器具，也就是可以測出何時立春、何時穀雨節氣的儀器。葭是蘆葦，將其莖中薄膜燒製成灰，放在十二樂律的玉管內，到某一節氣時，相對應的那支律管內的灰，就會因感應到氣動而飛動。整句詩是說明，候管內輕若鴻羽的葭灰，感應到地氣微動。

下聯的斗與杓，是古人觀測北斗七星，以斗柄所指方向決定季候。

螢

第五十回後段〈暖香塢雅製春燈謎〉中，李綺在賈母的吩咐下，製作了兩個燈謎，是一個字「螢」字的謎面，謎底也是一個字……

眾人猜了半日，只有寶琴笑道：「這個意思卻深，不知可是花草的『花』字。」

李綺笑道：「恰是了。」

眾人道：「螢與花何干？」

黛玉笑道：「妙的很，螢可不是草化的。」

紅樓夢最短的一字謎面正是「螢」字，不了解節氣、不知七十二候是無法猜出這個燈謎的。七十二候簡單的講，是將廿四節氣再細分每五日一候，更可看出草、木、蟲、鳥、魚、獸一年內的七十二變。

戰國時，一年分四時十二月已底定，但每個月內自然的變化，承襲長久以來的自然觀察文化，約略形成七十二候的雛形。以夏季最後兩個節氣小暑及大暑為例，下分六候是：溫風始至、蟋蟀居壁、鷹乃學習、腐草為螢、土潤溽暑、大雨時行。

古人看到螢火蟲飛出來，不明白螢火蟲要經過蛹的階段，誤以為螢火蟲是腐草所變化而來。「花」字正好可拆解為艸化兩部分，配合七十二候腐草為螢，謎底就是螢。

反之，若謎面是「螢」字，謎底就是花了。

廿四番花信風

一年四季都有花開，有的花季很長，而二十四番花信風的花開與花落，都與季候有密切關係。

春分最後一候的木香，屬薔薇科攀爬的花，有淡淡的清香。

小春：	梅花	山茶	水仙
大寒：	瑞香	蘭花	山礬
立春：	迎春	櫻花	探春
雨水：	菜花	杏花	李花
驚蟄：	桃花	棠棣	薔薇
春分：	海棠	梨花	木香
清明：	桐花	麥花	柳花
穀雨：	牡丹	荼蘼	楝花

二十四番花信風中小寒的山茶、水仙及不常見大寒的瑞香。

一個時辰是兩小時，六十個時辰正好是五日，由甲子時起到癸亥終，天地間五行的循環盡畢，古人認為天候亦已改變。因而每隔五日所開的花也會不同，所謂「風應花期，其來有信」。

二十四番花信風就是由小寒起每候五日，以一花之風應之。六朝時的著作《荊楚歲時記》有「始梅花，終楝花，凡二十四番花信風。」之說。到南宋程大昌淳熙七年所著《演繁露》一書，已詳列這些花名及排序。

為何只有小寒到穀雨八個節氣，是因為小寒梅花初放始有花開，而到穀雨是春末，不再有應風信而開的花。

開到荼蘼花事了

小寒到穀雨的八個節氣，引生出，由寒天凍地的小寒節氣中綻開的梅花開始，到穀雨節氣後就要立夏了。

荼蘼究竟長得如何資料甚缺，日本江戶時期的圖錄上有酴醾，即荼蘼屬薔薇科。

《紅樓夢》中有多回預言各主角未來的命運，第六十三回〈壽怡紅群芳開夜宴〉中借著花籤的描述，最為淒豔及精美。花籤有花名與相映的詩句寫在牙牌籤上，原是用來行酒令的，曹雪芹以花的品貌及詩的內容，來預言各金釵的未來。

薛寶釵最先掣出牡丹，及一句「任是無情也動人」的唐詩，牡丹是排第二十二的穀雨風信花。湘雲當然是海棠，李紈的花籤是排列第一的梅花，還有「霜曉寒姿」四字，說明了作者對她的評價。並不是所有的花籤都是二十四番花信風中的花，林黛玉的芙蓉就不是，亦各有作者所隱藏的玄機。

歷來討論最多的，卻是麝月所抽到，排在牡丹之後的穀雨風信花，第二十三的荼蘼，及北宋詩人王淇的一句詩「開到荼蘼花事了」。

王淇大概也沒有想到，他所寫的〈春暮遊小園〉小詩，因為被曹雪芹引用，竟然變得比他還有名。

春暮遊小園

一從梅粉褪殘粧，塗抹新紅上海棠，
開到荼蘼花事了，絲絲天棘出莓牆。

六十三回這段寫著：

麝月便掣了一根出來。大家看時這面上一枝荼蘼花，題著「韶華勝極」四字，那邊寫著一句舊詩，道是：

開到荼蘼花事了。

注云：「在席各飲三杯送春。」

麝月問：「怎麼講？」寶玉愁眉忙將籤藏了，說：「咱們且喝酒。」

這個花籤預言，許多紅學家認為證實了麝月確有其人，如第二十一回脂評「……寶玉有此世人莫忍為之毒，故後文方能懸崖撒手一回……若他人得寶釵之妻，麝月之婢，豈能棄而為僧哉……」再對照第二十回脂評「麝月閒閒無語令余鼻酸，正所謂對景傷情。丁亥夏，畸笏。」最後仍守著故主的是麝月。

寶玉有此世人莫忍為之毒　故後文方能懸崖撒手一回　若他人得寶釵之妻　麝月之婢　豈能棄而為僧哉

麝月閒閒無語令余鼻酸　正所謂對景傷情　丁亥夏　畸笏

荼蘼花是薔薇科懸鉤子屬，落葉小灌木，亦稱為酴醾。荼蘼花並不常見。

穀雨是春天最後一個節氣，荼蘼開到二十四番花信風之末時，表示春日將盡。滿枝白色荼蘼花謝時殘花不忍相看，正是送春時分。

抽到荼蘼花籤的麝月，雖是《紅樓夢》中的人物，應該也是真實生活中陪伴作者到貧老的家人。

康熙廿八年第二次南巡後，由王翬（1632-1717）統領宮廷畫家歷時三年，繪成十二卷之《南巡圖》。圖為絹本縱長均為67.8公分，軸長不等。其中第十卷與十一卷與江寧相關，描寫康熙一行從浙江北返過江蘇句容至江寧府。

畫面始於句容縣過大平莊秣陵關至江寧通濟門，沿途江南農村景色，入通濟門後主要街道上均搭有彩棚，綿延數十里。

附錄一：康熙南巡圖

康熙二十八年（一六八九）第二次南巡結束後，由王翬帶領約一千名畫工，包括畫家楊晉、冷枚、王雲、徐玫等，繪製設色十二卷絹本南巡圖。曹寅的弟弟曹宣是南巡圖的監畫，據傳他亦善畫，他的第四個兒子曹頫過繼給曹寅，接任江寧織造，有紅學家認為曹頫是曹雪芹的父親。

一、三、九、十、十一、十二等六卷的內容概述：

第一卷◉絹本設色，描繪康熙二十八年正月初八，從京師出發車駕從北京外城的永定門到京郊的南苑。送行的文武官員，站在護城河岸邊，浩浩蕩蕩的隊伍在大路上行進，康熙一行已經出城，玄燁坐在一匹白馬上，由武裝侍衛前後呼擁，路邊儀仗鮮明整齊，一直排列到南苑行宮門口。

第三卷◉描繪康熙南巡至山東境內的情景。康熙在濟南府城牆上視閱，先行騎兵正從城裡出發，行進於綿延的山丘之間，到泰安州和泰山，康熙率扈從諸臣到泰山致禮。過泰山後，山勢略趨平緩，畫面至蒙陰縣止。

第九卷◉玄燁一行已經從杭州出發，渡錢江塘，經蕭山縣，抵達紹興府大禹陵。乘坐的龍舟在許多小船的簇擁下，到岸上隨行並有大量馬匹，西關城門洞結綵，沿途村民行旅不斷，漸達紹興府，街市、古塔、校場、府山、望越亭、鎮東閣等一一細加描繪。出紹興府，過田壟阡陌無數，即到大禹廟和大禹陵，康熙站立於華蓋下，周圍侍衛戒備森嚴，百官民眾跪迎。

第十卷◉描寫玄燁一行北返過江蘇句容至江寧府的情景。由句容縣過秣陵關至江寧通濟門。入通濟門後街道上有長達數十里的彩棚，秦淮河穿過畫面，之後出現了校場。康熙端坐在校場看臺上閱兵。再過雞鳴山、鍾山、觀星臺後結束。

第十一卷◉始於江寧府的報恩寺，經水西門及旱西門，畫面出現有名的秦淮河，河中舟船往來，跟隨康熙的官員正在登船。再往前出現了山巒，盡頭是一突入江心的巨大山石，這裡是天險燕子磯，下臨雄偉壯闊的萬里長江，江水奔騰翻滾，康熙乘坐的龍舟順江而下。

第十二卷◉描繪康熙一行結束南巡，回到京師的情景。從紫禁城太和殿、太和門開始，向南過金水橋，出午門。午門外兩邊各列大象五頭，儀仗鹵簿嚴整，一直排列到端門。康熙皇帝乘坐在八個人抬的肩輿上以華蓋為前導，武裝騎士護衛，緩步返回皇宮。人群末有排成「天子萬年」四字之隊伍。

全圖耗時六年完成，今僅存十卷，第一、九、十、十一、十二現藏於北京故宮博物院；第二、四兩卷現藏於法國巴黎的吉美博物館；第三卷現藏於美國紐約的大都會藝術博物館；第六卷現藏於美國鳳凰城；第七卷現藏於加拿大亞伯達大學。

附錄二：南巡圖第十、十一卷中的南京

康熙廿三年的江南省城圖，
應與康熙廿八年南巡時所見略同。
本書所選用的卷十及卷十一的部分畫面包括：

校場
報恩寺
觀星臺
旱西門
水西門
通濟門
夫子廟
舊王府
太平會

- 【舊王府】朱元璋（一三五六年）攻取集慶路（即今南京）改名稱為應天府，自稱吳國公。一三六四年朱元璋在居所登上吳王之位，後稱其吳王府居所為舊王府。
- 【明故宮】一三六七年元大都被朱元璋攻克，次年正月初四他在應天府稱帝，國號明建元洪武。下詔設南北兩京，以應天府為南京、大梁（今開封）為北京。自一三六六年起已開始建造應天府都城與皇宮，至一三八六年完工。
- 【旱西門】朱元璋並在歷代的基礎上築牆，明代城牆總長三十三公里餘，至今仍保存的四個明代城門是聚寶門、石城門即旱西門、清涼門即神策門。
- 【報恩寺】原聚寶門外自東吳起就有建制的報恩寺琉璃塔，南巡圖中仍可見到約建於永樂年間的規模，此塔後毀於太平天國戰火，二〇一五重建為玻璃塔。
- 【觀星臺】一三八一年，朱元璋將元末建於雞籠山上的觀象臺，擴建成欽天臺，即南巡圖中仍可見的觀星臺。
- 【江寧織造署】康熙廿八年第二次南巡，是駐蹕於將軍府，其餘五次南巡均駐蹕於江寧織造署，位於圖中理事廳的位置。
- 【通濟門】南巡圖第十卷與江寧相關，描寫康熙一行從浙江北返過江蘇句容至江寧府、過大平莊秣陵關至江寧通濟門，沿途江南農村景色，入通濟門後主要街道上均搭有彩棚，綿延數十里。
- 【校　場】江寧街道縱橫、房屋鱗次櫛比，康熙於二月廿七日上午在江寧宴請將軍以下兵以上，並校閱官兵步射，圖中他端坐在校場看臺萬衆歡騰。
- 【太平門】江寧城北的玄武湖側是太平門，城外湖光山色，太平會一樣張燈結綵。
- 【水西門】南巡圖始於江寧府的報恩寺，經水西門及旱西門，畫面出現有名的秦淮河，河中舟船往來。

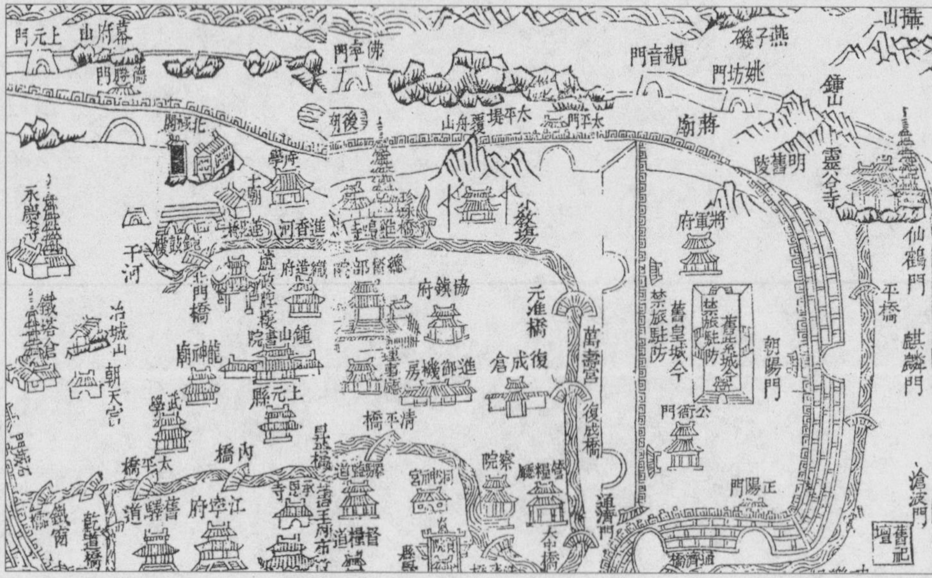

附錄三：重要紅學家及著作

蔡元培（一八六八—一九四〇）曾任北京大學校長，是學者及教育家，著有《石頭記索隱》，認為《紅樓夢》全書係為反清復明而作，而與胡適論戰。

胡　適（一八九一—一九六二）哥倫比亞大學哲學博士（一九一七），對紅學等諸多領域都有深入的研究，與徐志摩等組織成立新月書店。一九二一年發表《紅樓夢考證》一文，開啓新紅學研究，購入甲戌本後對曹雪芹卒年等有更深入探討。

俞平伯（一九〇〇—一九九〇）曾祖俞樾是清末著名學者，自幼受到古典文化的薰陶。一九二三年出版《紅樓夢辯》，與胡適一同為新紅學的奠基人。一九五三年入中國科學院文學研究所古典文學研究室，修訂舊著後以《紅樓夢研究》為名出版，文革時俞平伯在河南息縣幹校勞動多年，平反後繼續研究，為最早深入研究並校訂《紅樓夢》之學者。

吳世昌（一九〇八—一九八六）一九六一年在英國出版用英文寫作的長篇巨著《紅樓夢探源》，一九八〇年《紅樓夢探源外編》，推測有關原稿八十回後情節，並認為脂硯為叔輩。

潘重規（一九〇八—二〇〇三）紅學家中反清復明論者。

吳恩裕（一九〇九—一九七九）紅學家，研究曹雪芹生平及紅樓夢版本。

周汝昌（一九一八—二〇一二）早年所著《紅樓夢新證》資料詳盡對後世影響重大，許多紅學研究均引用，包括史景遷的《康熙與曹寅》一書。其基本觀點：紅樓夢是曹雪芹的自傳，脂硯齋是雪芹妻即書中史湘雲。

張愛玲（一九二〇—一九九五）著名小說家，祖母是李鴻章的女兒，所著《紅樓夢魘》詳細分析成書過程，認為創作多於自傳。

高　陽（一九二二—一九九二）本名許晏駢，以歷史小說著稱，有《高陽說曹雪芹》及《紅樓一家言》兩種論作，並以《紅樓夢斷》為總題，寫十一本曹雪芹為主角的系列小說。

馮其庸（一九二四—二〇一七）以研究曹雪芹家世著稱的紅學家，近著為《瓜飯樓重評紅樓夢》。

趙　岡（一九二九—）著名經濟學家，與夫人陳鍾毅合著《紅樓夢新探》。

余英時（一九三〇—）當代著名歷史學家、漢學家，著有《紅樓夢的兩個世界》，認為大觀園是作者想像的理想世界。

劉世德（一九三二—）紅學家，著有《紅樓夢版本探索》及《紅學探索》等，對舒序本有深入研究。

蔡義江（一九三四—）紅學家，著有《紅樓夢詩詞典賦評注》等。

余國藩（一九三八—二〇一五）以英譯《西遊記》聞名於世，著有《重讀石頭記》一書。

另有多位現代學者及紅學家以及獨特之見解，如王關仕、皮述民、朱淡文、趙同等書中引述其見解，生平不再一一詳列。

附錄四：與《紅樓夢》相關歷史人物

吳梅村（一六〇九—一六七二）明末清初詩人，以〈圓圓曲〉之「衝冠一怒為紅顏」句聞名，曾被猜測為《紅樓夢》原作者。

洪　昇（一六四五？—一七〇四）清初著名劇作家，有傳奇《長生殿》及雜劇《四嬋娟》多種劇作，一六八九年因為在康熙佟皇后喪期內觀看伶人演出《長生殿》，被革去國子監生籍。一六九一年回錢塘，一七〇四年因鬱鬱酒醉落水而亡，亦曾被猜測為《紅樓夢》原作者。

程偉元　生卒年應在乾隆—嘉慶年間。程偉元以活字印刷本發行了一百二十回的《紅樓夢》，有別於此前只有八十回的手抄本《石頭記》，《紅樓夢》在一七九一年和一七九二年又有兩個不同的版本，被稱為「程甲本」和「程乙本」。程偉元自稱後四十回《紅樓夢》和前八十回是同一作者的作品，但紅學家均認為前八十回是曹雪芹所作，後四十回則是高鶚或其他協助編書者的續作，或許有一小部分雪芹舊稿（甚而是增刪五次中刪去的舊稿）。

附錄五：與《紅樓夢》相關清皇室人物

努爾哈赤次子代善系

愛新覺羅福彭——平郡王是曹寅外孫

愛新覺羅納爾蘇——平郡王是曹寅女婿

努爾哈赤四子皇太極系

愛新覺羅玄燁——康熙帝，曹寅為其伴讀及近臣

愛新覺羅胤禛——雍正帝，抄檢蘇州李家及江寧曹家

愛新覺羅胤禩——康熙皇八子，李煦為其花八百兩買蘇州女子獲罪

愛新覺羅胤禟——康熙皇九子，曹頫為其鑄一對金獅

愛新覺羅胤祥——康熙皇十三子，曹頫被抄家後雍正讓怡親王胤祥看管

愛新覺羅胤禎——康熙皇十四子，納爾蘇為其西征副將

愛新覺羅弘明——胤禎嫡子一七一八年間與福彭一同入宮為康熙撫養
愛新覺羅永忠——弘明嫡子一七六八年寫三首詩弔曹雪芹
愛新覺羅弘曉——胤祥嫡子繼任怡親王，己卯本可能為怡王府抄本

努爾哈赤十二子阿濟格系

愛新覺羅敦敏——閒散宗室曹雪芹摯友
愛新覺羅敦誠——閒散宗室曹雪芹摯友
愛新覺羅赫爾赫宜——又名墨香，為二敦之叔父，永忠因他而看到《紅樓夢》一書

努爾哈赤十五子多鐸系

愛新覺羅裕瑞——著有《棗窗閒筆》透露許多曹雪芹資訊

乾隆孝賢皇后富察家系

富察明義——孝賢皇后之侄，一七六一年《綠煙瑣窗集》中，有〈題紅樓夢詩〉二十首
富察明仁——明義胞兄，敦誠將其與雪芹並提，均為故友
富察明琳——明義堂兄，敦敏曾提及在明琳養石軒見過曹雪芹

附錄六：紅樓夢版本簡述

◉己卯本

己卯本是《紅樓夢》重要抄本之一，專指過去由陶洙收藏，後歸中國國家圖書館的殘本，現存不全然完整的四十三回。有目錄頁之各卷目錄頁題《石頭記》書名，下注「脂硯齋凡四閱評過」之句。每一回回目前，均以「脂硯齋重評石頭記」開頭，因第三卷書名下註記「己卯冬月定本」而以己卯本命名。

一九八一年影印的己卯本編撰如下：

第一卷一至十回，缺目錄頁、第一回三頁半及十回末一頁半。

第二卷十一至二十回，十七、十八回共用一個回目，第十九回無回目。

第三卷三十一至四十回，尚稱完整。

第四卷為殘卷，計有五十五回後半、五十六、五十七、五十八回及至五十九回前半。

第五卷六十一至七十回，目錄標明內缺六十四、六十七回，七十回末缺一頁餘。

己卯本最奇特處在於抄手眾多，且抄錄時與一般每人每次至少分抄一回的慣例不同，似一回拆成多頁，每人僅分到一至二頁，每回狀況略同，筆跡亦重複出現，似有人急於閱讀，以此多人分抄方式抄閱。

此本另一特徵在於有多處避「玄、祥、曉」三字諱，正與康熙及其十三子允祥及嫡孫弘曉名諱相同，而被認為係怡親王府的抄本。

曹家與怡王府關係密切，曹頫按雍正旨意抄家後歸怡親王允祥看管。允祥甚得雍正器重，曾讓允祥在其眾兒子中任選一人，再賜封一王。允祥推辭一直到他死後，雍正加封其子弘晈為寧郡王。

高陽認為《紅樓夢》中怡紅院的「怡」與寧國府的「寧」，都暗指了允祥一家與《紅樓夢》的關係密切，或許這是怡王府急急忙忙要抄錄全書一探究竟吧。

此本後為民國初年藏書家董康所有，其來源不詳。後歸董康友陶洙所有，他在上面題批了許多文字，一九八一影本均將已這些批文塗去，是否全然正確仍有爭議。

己卯本現藏國家圖書館，第四卷殘卷於一九五九年冬出現在北京琉璃廠中國書店，由中國革命歷史博物館購藏，經馮其庸鑑定屬己卯本殘卷，所以併入上述影本中。

己卯本第五回元妃判詩，與他本「虎兔相逢」不同，寫的是「虎兕相逢」，有些紅學家相信「兕」字才對，又衍生出元妃被弓絞殺的揣測。若以《紅樓夢》全書重視五行節氣，此段仍以「虎兔」較符合作者原意。

◉庚辰本

庚辰本專指一九三三年由徐星曙於北京東城隆福寺地攤所購得，缺六十四、六十七回兩回，存七十八回的《石頭記》抄本，現藏北京大學圖書館。

此套書因第五至八冊封面書名下有「庚辰秋月定本」註記，而以庚辰本稱之。

書名《石頭記》其格式與己卯本一樣，十回一冊，每面十行、每行三十字。庚辰本共八冊，各冊卷首標明「脂硯齋凡四閱評過」。庚辰指乾隆廿五年（一七六〇）是己卯年的後一年，但此本是以一七六〇年本為底本的抄本，因文字較完整、批語亦多且都署年份及名號，彌足珍貴。

經由庚辰本我們知道，曹雪芹連前八十回都沒寫完，二十二回末有「此後破失俟再補」及「此回未成而芹逝矣」之文字，下頁有暫記寶釵謎，以「朝罷誰攜兩袖香」為首句的七言律詩，此一述說寶釵淡淡哀愁，謎底為更香的絕佳謎面，後來補繼書者改給了黛玉。

攸關全書結局第七十五回的中秋詩，卻以「……」呈現。看到庚辰本此回前記「乾隆二十一年五月初七日對清。缺中秋詩，俟雪芹。」這幾個字，知道重要的中秋詩原來作者尚未構思完成。

庚辰本有眉批、側批、雙行夾批及回前回後批多種，批語總計兩千餘條，也有不少透露了批者所看到八十回後的文字，及某些文稿被借閱者迷失的遺憾。這些訊息內容，都與程高本所續後四十回不同。

紅學家認為庚辰本是一個拼湊本，即收集多個殘本抄錄而成，第十一回之前無批語，朱筆批語全集中在第十二回到第二十八回，其餘各回為墨筆批。

庚辰抄手亦不止一人，多見訛文脫字，但較之程高本仍屬接近作者原意得稿本，馮其庸以為校正《紅樓夢》根據。馮校本把更香謎還給了寶釵，取消了黛玉與寶玉的謎語，卻仍保留後人所補，一大段述說賈政悲讖心境的文字。

庚辰本七十八回，現藏北京大學圖書館。坊間有影印的庚辰本，六十四、六十七兩回已自其他抄本補足，其餘朱批部分以朱色印，墨批仍以墨色印。

◉有正本　戚序本

上海有正書局在宣統三年（一九一一）十一月，出版了石印本八十回的《國初祕本原本紅樓夢》。這石印本是以戚蓼生乾隆五十四年作序、重新抄錄及整理的版本為底本，紅學家稱此石印本為有正本。

一九一一版的有正本又稱「大字本」，因為一九二〇年有正書局又出了用原大字本剪貼縮小的版本，後來被稱為「小字本」。兩種對比原本，小字本較大字本改動更多。

有正本的底本，有戚蓼生序的手抄本，紅學家稱之為戚序本，兩者就源頭而言實為一體。戚序本光緒年間被發現，戚蓼生（一七三二—一七九二）是乾隆三十四年（一七六九）的進士。

戚序本與有正本實質呈現仍是不同，一九七五年時有正書局在倉庫中發現，原以為已經焚毀的前四十回戚序本原稿，對比得知有正本的邊欄與行界經過修描，原鈐四方「張開模藏書印章」的六處也被塗去，還修改過一些文字，並加了許多眉批。有些變更固是為挖補改正錯漏處，但加眉批實會混淆原脂批意義，紅學界推測，擅改者應是有正書局當時的老闆狄葆賢，或他所委託的社會賢達人士。

戚蓼生之序落款確為乾隆五十四年，使俞平伯相信，其為未受到程偉元等影響而更動過內容的早本，所以他選有正本為校對《紅樓夢》的底本，有正本底本的戚序本現藏上海古籍書店。

有正本與其他版本自有多處不同，在此僅提出大家所熟悉的茄鯗乙節比較：

有正本——把四五月裡的新茄包摘下來，把皮和瓤子去盡只要淨肉，切成頭髮細的絲兒，曬乾了，拿一隻肥母雞煒出老湯來，把這茄子絲上蒸籠蒸的雞湯入了味，如此九蒸九曬，必定曬脆了。盛在瓷罐子裡封嚴。要吃時拿出來，用炒的雞瓜一拌就是了。

庚辰本——把才下來的茄子把皮籤了，只要淨肉，切成碎丁子，用雞油炸了。再用雞脯子肉並香菌、新筍、蘑菇、五香腐乾各色乾果子，俱切成丁子，用雞湯煨乾，將香油一收外加糟油一拌，盛在磁罐子裡封嚴。要吃時拿出來，用炒的雞瓜一拌就是了。

有正本當然誇張，庚辰本似過於平淡，沒有大書特書的價值，究竟那一種作法更接近曹雪芹的原意？恐怕沒人可以回答。

◉東觀閣本及各點評本

東觀閣是北京琉璃廠的書肆之一，乾隆末嘉慶初年時，其主人王德化據程甲本翻刻《紅樓夢》，是程甲本最早的翻刻本。翻刻即是根據程甲本的文字重新雕版印製，最早的東觀閣本可以說完全等同程甲本。為何未選程乙本而選程甲本，極可能是王德化早早取得的版本就是程甲本。不論活字版或雕版，每版可印刷的套數都極有限，因此嘉慶十六年（一八一一）東觀閣又出版重刻本《新增批評繡像紅樓夢》，並在正文行間加了評批及圈點，成為點評本。嘉慶二十三年及道光二年（一八二二）再重刻兩次。十年間三刻評點本，可見其銷路不錯。東觀閣評點本又衍生了大量的翻刻本，此後《紅樓夢》的白文本漸少，出現了其他評點本，成為嘉慶至同治年間，重要的《紅樓夢》印本趨勢。

所謂評點本，係點評者在閱讀小說有所感時，便寫在書中相應的地方，或寫於書頭、回前、回後等等。一百二十回本的《紅樓夢》問世後，排擠了手抄本的市場，評點本當然也使脂批淪為與點評等同，若非胡適因甲戌本重新開始研究曹雪芹及脂硯齋，今日紅學也只是討論這些點評者的小眾文化。

東觀閣評點本之後，最有名的評點本，當屬道光十二年洞庭王希廉雪香評的雙清仙館刊本。王希廉號護花主人，似是對書中花襲人最為推崇，他的觀點認為第五回是《紅樓夢》的綱領，全書的關鍵在「真假」二字，與近代紅學家的看法一致。

另一名本《妙復軒評石頭記》出刊於道光三十年，是號太平閒人的張新之所評，他認為《紅樓夢》是演性理之書，故借寶玉說「明明德外無書。」他最早指出秦可卿辦喪事與林如海去世原係同時發生，但書中季節卻是一春一秋，書中的紀曆是一本糊塗帳。

大某山民姚燮、張新之、王雪香評語整合的評本，稱為三家評本。姚燮是最早統計《紅樓夢》中人物數的批者，計男二八二人、女二三七人，並對發生年代別有心得。他認為黛玉進榮國府為己酉年、元妃省親在壬子年、七十回探春生日等為甲寅年事，全書所寫的就是康熙五十五年到六十一年這六年間的故事。

點評者的價值在近代紅學家的眼中，只能有一點參考價值，因為他們非常主觀，也沒有足夠的史料佐證，加上當時資訊流通不易，只是些自說自話。這些點評文字的字數可觀，都遠超過原著，也是點評本的特色。

◉靖藏本

靖藏本是一個「據稱」與甲戌本雷同的七十七回抄本，亦「據稱」此一抄本曾在一九五九至一九六四年間出現過，發現者為毛國瑤，他向收藏者借閱，並對比他自有有正本，抄錄了有正本所無的脂批一五〇條，一九七四年發表於南京師範學院《文教資料簡報》上。

據稱此本為揚州靖應鵾家所藏，因為除了毛國瑤誰也沒見過此本，多數紅學家認為此本根本不存在，而所謂一五〇條脂批，係毛國瑤或夥同一些熟悉紅學的專家所偽造。

也有人認為，發現不久時序即進入文革初期，破四舊的風潮下，靖家對外界聲稱書不見了，也不失是一種自保或自救之道，或怕紅衛兵上門燒書，也可能自己就先燒掉了，不一定是沒有這本書。據悉，一九七四年的全國評紅運動，多次有人追逼《靖本》下落，依然杳無所得。

有紅學家認為這一五〇條脂批，較之其他本的脂批，除了兩三條特殊評語外，並無突破之處，有些別字或錯排，都是偽造者裝模作樣的傑作。

靖藏本批語出現之時，各名抄本均無影本問世，引用脂批都間接依賴俞平伯一九五九所出版《脂硯齋紅樓夢輯評》一書取得。俞著一出版靖評就出現，有人甚而對比出俞著上的排字錯誤，靖批竟然錯得一模一樣，未免太巧了吧！

這其中還涉及紅學界一些門派之爭，如脂硯齋與畸笏是兩人還是一人？畸笏是曹頫嗎？靖批有兩條似「量身訂做」的批語，分別在第廿二回各本僅有「今丁亥只剩朽物一枚……」前，多出「不數年芹溪、脂硯、杏齋諸子皆相繼別去。」成為證明雪芹、脂硯、畸笏都不是一人的證據。

又第五十三回回前「……亙古所無、浩蕩宏恩……母孀、兄亡，無依……斷腸心摧……」似是昭告天下本批書人畸笏就是曹頫，這與其他幾千條批語，都非常隱諱地避免讀者猜測到其真實身分不同，確實怪異。

但也有不少知名的紅學家，寫紅學相關論述文章時，仍都會引用靖本的脂批，特別第十三回天香樓事，靖本特有「遺簪更衣」四字，連傾向不相信有靖本存在的高陽，都引用此一情節，作為他十三冊紅樓夢斷系列小說第一部《秣陵春》的開頭。

到底有沒有靖藏本，恐怕永無水落石出的一天。

此外列為重要抄本的除本書以敘述的甲戌本，及附錄以簡述的己卯本、庚辰本、戚序本、程本外，尚有舒序本、甲辰本、列藏本、鄭藏本等多種。

另法國科研中心 CNRS 中國文化研究所研究員陳慶浩（一九四一—），整理脂批編成《新編石頭記脂硯齋評語輯校》一書，是現存最全的批語輯，他編輯的心得認為脂硯似熟悉曹家早年的生活，他引用多條脂批證明：

真有是事，真有是事。（第三回）

真有是事，經過見過。（十六回）

有是事，有是人。（二十三回）

妙極之頑……此語餘亦親聞者，非編有也。（六十三回）

……作者曾經，批者曾經，實係一寫往事，非特造出……（七十四回）

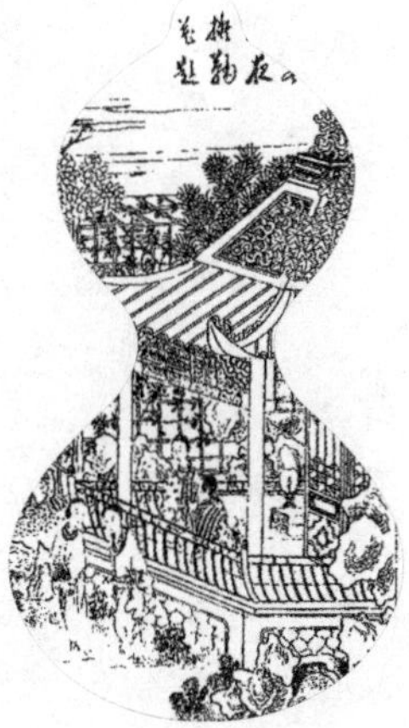

跋

戊子年版

余範英主筆

以工積六十年人生歲月的體會，參悟人生的「虛幻相對」與「真實究竟」，於「還曆」之際，以她的才情慧心，將多年來與七姐妹相濡，在〈紅外線讀書會〉的受想行識，輯錄出這本《石頭記的虛幻與真實》，即是見證人聲的多彩與幻化。姐妹們更期盼以工能在御史任上，穿透虛幻世相，還原真實究竟，淑世濟人。

值茲新書傳世之際，我們除了與有榮焉，更為以工還曆誌慶。

戊戌年版

馬以工

戊子年到戊戌年是十年。

戊子年版出版後，因再任公職，離《紅樓夢》很遠很遠，每日面對的都是貪瀆、民怨、冤獄。卸任三年多來才有時間重讀《紅樓夢》，撰寫另一本相關的書。下筆時觸礁之際，逢聯經出版公司願重印戊子年版，使我有機會重新檢視自己舊作，改正一些因新資訊出現的錯誤，也給了新書新的動力。

戊子年到戊戌年也是七十年，慶幸自己健在的同時，也痛惜雪芹的早逝。二〇一五年我敬佩的余國藩教授也去世了，他的《重讀石頭記》給我許多啓示，本書也再再引用他的觀點，再版特以《重讀紅樓夢》為副題，康來新教授認同「重讀」已成為文學專業詞彙，有理論有發展，也以「重讀」向前輩致敬。

當代名家・馬以工作品集1

石頭記的虛幻與真實：重讀紅樓夢

2019年5月初版　　定價：新臺幣1280元

著者	馬以工
叢書主編	陳逸華
校對	施亞蒨
內文排版	承峰美術
封面設計	兒日
編輯主任	陳逸華

出版者	聯經出版事業股份有限公司	總編輯	胡金倫
地址	新北市汐止區大同路一段369號1樓	總經理	陳芝宇
編輯部地址	新北市汐止區大同路一段369號1樓	社長	羅國俊
叢書編輯電話	(02)86925588轉5305	發行人	林載爵
台北聯經書房	台北市新生南路三段94號		
電話	(02)23620308		
台中分公司	台中市北區崇德路一段198號		
暨門市電話	(04)22312023		
台中電子信箱	e-mail：linking2@ms42.hinet.net		
郵政劃撥	帳戶第0100559-3號		
郵撥電話	(02)23620308		
印刷者	承峰美術印刷股份有限公司		
總經銷	聯合發行股份有限公司		
發行所	新北市新店區寶橋路235巷6弄6號2樓		
電話	(02)29178022		

行政院新聞局出版事業登記證局版臺業字第0130號

本書如有缺頁，破損，倒裝請寄回台北聯經書房更換。　ISBN 978-957-08-5254-7 (精裝)
電子信箱：linking@udngroup.com

國家圖書館出版品預行編目資料

石頭記的虛幻與真實：重讀紅樓夢/馬以工著．
初版．新北市．聯經．2019年5月（民108年）．168面．
21×29.5公分（當代名家・馬以工作品集1）
ISBN 978-957-08-5254-7（精裝）

1.紅學　2.研究考訂

857.49　　107023426